사피엔스 한국문학

중·단편소설

04

이청준

눈길 | 서편제

벌레 이야기

사피엔스21

사피엔스 한국문학 중·단편소설 04
이청준 눈길

초판 1쇄 펴낸날 2012년 2월 13일
초판 4쇄 펴낸날 2017년 4월 28일

지은이 이청준
엮은이 김준우
펴낸이 최병호
본문 일러스트 이경하
펴낸곳 (주)사피엔스21
주소 10403 경기도 고양시 일산동구 중앙로 1233 현대타운빌 205
전화 031)902-5770(代) **팩스** 031)902-5772
출판등록 제22-3070호
ISBN 978-89-6588-076-9 44810
ISBN 978-89-6588-072-1 (세트)

* 파본은 교환해 드립니다.

사피엔스 한국문학 중·단편소설 04 | 엮은이 · 김준우

이청준

- 눈길
서편제
벌레 이야기

사피엔스 한국문학 - 중·단편소설을 펴내며

『사피엔스 한국문학』은 청소년과 일반 성인이 한국 문학을 대표하는 작가들의 대표 작품을 편하게 읽으면서도 한국 현대 문학의 흐름을 이해하는 데 다소라도 도움이 되도록 기획한 선집(選集)입니다. 이미 다수의 한국 문학 선집이 시중에 출간되어 있으나, 이번 선집은 몇 가지 점에서 이전 선집들과의 차별화를 시도하였습니다.

첫째, 안정되고 정확한 텍스트를 독자에게 제공하는 데 주안점을 두었습니다. 문학 작품은 말 그대로 언어라는 실로 짠 화려한 양탄자입니다. 더군다나 한국 문학을 대표하는 작가들의 대표 작품들이라면 두말할 나위가 없겠지요. 이들 작품을 감상하는 데 있어서 정확하면서도 편안한 텍스트를 제공하는 것은 선집이 지녀야 할 핵심 덕목이라고 할 수 있습니다. 그래서 이번 선집은 각 작품의 최초 발표본과 작가 생애 최후의 판본, 그리고 가장 최근에 발간된 비판적 판본(critical version) 등을 참조하여 텍스트에 정확성을 최대한 기하되, 현대인이 읽기 쉽도록 표기를 다듬었습니다. 또한 낯설거나 어려운 낱말에 대한 풀이를 두어서 작품 감상의 흐름이 끊어지지 않고 작품에 자연스럽게 몰입할 수 있도록 편집하는 데 많은 노력을 기울였습니다.

둘째, 선집에 포함될 작가와 작품을 선정하는 데 고심에 고심을 기울였습니다. 물론 기존 문학 선집들의 경우에도 작가 및 작품 선정에 그 나름의 고심을 기울였을 것입니다. 하지만 문학 선집이라는 것은 시대의 흐름과 독자의 취향, 현대적 문제의식 등을 종합적으로 고려해야 하는 것이어서, 시간이 지나고 세상이 바뀌면 작가 및 작품의 선정 기준과 원칙도 달라질 수밖에 없습니다. 이번 선집은 이러한 점들을 고려하여 작가와 작품을 엄선하되, 오늘을 살아가는 청소년과 일반 성인들이 갖고 있는 문제의식 및 취향에 부합할 수 있도록 노력하였습니다.

셋째, 청소년을 위한 최선의 한국 문학 선집이 될 수 있도록 하였습니다. 오늘날 세상은 디지털 문명으로 매우 빠르게 흘러가고, 우리 청소년들은 입시의 중압감과 온갖 뉴미디어의 홍수 속에서 자칫 마음을 키우고 생각을 넓히는 데 소홀해지기 쉽습니다. 이러한 정보의 홍수와 경쟁의 급류 속에서 문학은 자칫 잃기 쉬운 성찰의 기회를 제공해 줍니다. 시대와 호흡하면서 인간의 삶이 제기하는 다양한 문제를 다채롭게 형상화한 작품을 읽으며, 그 작품 속에 그려진 세상과 인물에 공감하면서 때로는 충격을 받고, 때로는 고민에 휩싸이며, 그 속에서 새로운 자아를 발견하는 과정을 통해 청소년들이 깊은 생각과 넓은 마음을 키울 수 있을 것이라 확신합니다. 작품별로 자세한 해설을 달고 그 해설에서 문학 교육의 핵심 내용을 비중 있게 다룬 것 또한 청소년 독자를 위한 배려에서 비롯된 것입니다.

문학 선집을 엮는 일은 두렵고도 설레는 일입니다. 감히 작가와 작품을 고른다는 것도 두려운 일이었거니와, 이 선집을 시대가 요구하는 최고의 선집으로 만들어야겠다는 사명감도 이번 문학 선집을 엮는 과정에서 저희 엮은이들과 편집자들의 어깨를 짓누르는 한편 가슴 벅찬 기대를 품게 만들었습니다. 부디 이 선집으로 많은 이들이 한국 문학의 정수(精髓)를 만끽하길 바랍니다. 그리고 날카로운 질책과 따스한 성원을 아울러 기대합니다.

끝으로 이 자리를 빌려 물심양면으로 선집의 출간을 뒷받침해 주신 (주)사피엔스21의 권일경 대표 이사님 이하 편집부 직원 모두에게 감사를 드립니다. 또한 이 선집을 위해 작품의 출간을 허락하신 작가들과 저작권을 위임받아 여러 편의를 제공해 준 한국문예학술저작권협회 측에도 감사의 말을 전합니다.

엮은이 대표 _신두원

일러두기

1. 수록 작품은 최초 발표본과 작가 생애 최후의 판본, 그리고 가장 최근에 발간된 비판적 판본(critical version) 등을 참조하여 텍스트를 확정했습니다. 참조한 판본은 작품 뒤에 밝혔습니다.
2. 한 작가의 작품 배열은 청소년들의 눈높이와 문학사적인 지명도를 고려하여 그 순서를 정하였습니다.
3. 뜻풀이가 필요하다고 판단되는 낱말과 문장은 본문 아래쪽에 그 풀이를 달았습니다.
4. 표기는 원문에 충실히 따르는 것을 원칙으로 하되, 맞춤법과 띄어쓰기는 최대한 현행 표기법을 따랐습니다. 단, 해당 작가만의 개성이 묻어 있는 말이나 방언, 속어, 고어 등은 최대한 원문대로 살려 놓았습니다.
5. 위의 원칙들은 작가에 따라, 지문과 대화에 따라, 문체에 따라, 문맥에 따라 적용의 정도가 달라질 수 있습니다.

차례

눈길

여기 모든 것을 체념하고 포기한 듯한 어머니와 그런 어머니를 '노인'이라 부르며 차갑게 대하는 아들, 그리고 두 사람의 관계를 안타깝게 바라보는 며느리가 있습니다. 그들에게 어떤 일들이 있었는지, 그들의 속내는 어떠한지 한번 읽어 볼까요?

1

"내일 아침 올라가야겠어요."

점심상을 물러나 앉으면서 나는 마침내 입속에서 벼러 오던 소리를 내뱉어 버렸다.

노인과 아내가 동시에 밥숟가락을 멈추며 나의 얼굴을 멀거니 건너다본다.

"내일 아침 올라가다니. 이참에도 또 그렇게 쉽게?"

노인은 결국 숟가락을 상 위로 내려놓으며 믿기지 않는다는 듯 되묻고 있었다.

나는 이제 내친걸음이었다. 어차피 일이 그렇게 될 바엔 말이

벼르다 어떤 일을 이루기 위해 마음속으로 준비를 하고 기회를 엿보다.
멀거니 정신없이 물끄러미 바라보고 있는 모양.
이참 이번.
내친걸음 이왕에 시작한 일.

나온 김에 매듭을 분명히 지어 두지 않으면 안 되었다.

"예, 내일 아침에 올라가겠어요. 방학을 얻어 온 학생 팔자도 아닌데, 남들 일할 때 저라고 이렇게 한가할 수가 있나요. 급하게 맡아 놓은 일도 한두 가지가 아니고요."

"그래도 한 며칠 쉬어 가지 않고……. 난 해필 이런 더운 때를 골라 왔길래 이참에는 며칠 좀 쉬어 갈 줄 알았더니……."

"제가 무슨 더운 때 추운 때를 가려 살 여유나 있습니까."

"그래도 그 먼 길을 이렇게 단걸음에 되돌아가기야 하겠냐. 넌 항상 한동자로만 왔다가 선걸음에 새벽길을 나서곤 하더라마는……. 이번에는 너 혼자도 아니고……. 하룻밤이나 차분히 좀 쉬어 가도록 하거라."

"오늘 하루는 쉬었지 않아요. 하루를 쉬어도 제 일은 사흘을 버리는걸요. 찻길이 훨씬 나아졌다곤 하지만 여기선 아직도 서울이 천릿길이라 오는 데 하루, 가는 데 하루……."

"급한 일은 우선 좀 마무리를 지어 놓고 오지 않구선……."

노인 대신 이번에는 아내 쪽에서 나를 원망스럽게 건너다보았다.

해필 하필(何必). 다른 방도를 취하지 아니하고 어찌하여 꼭.

단걸음에 단숨에. 쉬지 않고 곧장.

한동자 끼니를 마친 후에 새로 밥을 짓는 일. 여기에서는 '끼니를 두 번 먹을 시간 정도만 머무름' 의 의미로 쓰임.

선걸음 (주로 '선걸음에', '선걸음으로' 꼴로 쓰여) 이미 내디뎌 걷고 있는 그대로의 걸음. 여기에서는 '오래 머물지 않고 곧바로' 의 의미로 쓰임.

그건 물론 내 주변머리를 탓하고 있는 게 아니었다. 내게 그처럼 급한 일이 없다는 걸 그녀는 알고 있었다. 서울을 떠나올 때 급한 일들은 대충 다 처리해 둔 것을 그녀에겐 내가 미리 말을 해 줬으니까. 그리고 이번엔 좀 홀가분한 기분으로 여름 여행을 겸해 며칠 동안이라도 노인을 찾아보자고 내 편에서 먼저 제의를 했었으니까.

그녀는 나의 참을성 없는 심경의 변화를 나무라고 있는 것이었다. 그리고 그 매정스런 결단을 원망하고 있는 것이었다. 까닭 없는 연민과 애원기 같은 것이 서려 있는 그녀의 눈길이 그것을 더욱 분명히 하고 있었다.

"그래, 일이 그리 바쁘다면 가 봐야 하기는 하겠구나. 바쁜 일을 받아 놓고 온 사람을 붙잡는다고 들을 일이겠냐."

한동안 입을 다물고 앉아 있던 노인이 마침내 체념을 한 듯 다시 입을 열었다.

"항상 그렇게 바쁜 사람인 줄은 안다마는, 에미라고 이렇게 먼 길을 찾아와도 편한 잠자리 하나 못 마련해 주는 내 맘이 아쉬워 그랬던 것 같구나."

주변머리 '주변'을 속되게 이르는 말. 형편이나 경우에 따라서 일을 융통성 있게 잘 처리하는 재주.
심경(心境) 마음의 상태.
매정스럽다 얄미울 정도로 쌀쌀맞고 인정이 없는 듯하다.
연민(憐憫) 불쌍하고 가련하게 여김.
애원기(哀願氣) 소원이나 요구 따위를 들어 달라고 애처롭게 사정하여 간절히 바라는 것 같은 기운(느낌).
체념(諦念) 희망을 버리고 아주 단념함.

말을 끝내고 무연스런 표정으로 장죽 끝에 풍년초를 꾹꾹 눌러 담기 시작한다.

너무도 간단한 체념이었다. 담배통에 풍년초를 눌러 담고 있는 그 노인의 얼굴에는 아내에게서와 같은 어떤 원망기 같은 것도 찾아볼 수가 없었다. 당신 곁을 조급히 떠나고 싶어하는 그 매정스런 아들에 대한 아쉬움 같은 것도 엿볼 수가 없었다. 성냥불도 붙이려 하지 않고 언제까지나 그 풍년초 담배만 꾹꾹 눌러 채우고 앉아 있는 노인의 눈길은 차라리 무표정에 가까운 것이었다.

나는 그 너무도 간단한 노인의 체념에 오히려 불쑥 짜증이 치솟았다.

나는 마침내 자리를 일어섰다. 그리고는 그 노인의 무표정에 밀려나기라도 하듯 방문을 나왔다.

장지문 밖 마당가에 작은 치자나무 한 그루가 한낮의 땡볕을 견디고 서 있었다.

무연스럽다(憮然---) 무연하다. 크게 낙심하여 허탈해하거나 멍하다.

장죽(長竹) 긴 담뱃대.

풍년초 예전에 판매되던, 가루로 된 담배의 상표명.

담배통 가루담배를 채우도록 만들어진, 담뱃대의 끝부분.

당신(當身) '자기'를 아주 높여 이르는 말.

장지문(障-門) 한옥에서 마루와 방 사이, 혹은 방과 방 사이에 칸을 막아 끼우는 문.

장지문 밖 마당가에 ~ 견디고 서 있었다 '나'의 불편하고 곤혹스러운 심리 상태를, 한낮의 땡볕을 견디고 서 있는 '치자나무'라는 구체적 사물을 통해 간접적으로 드러낸 부분이다.

2

지열이 후끈거리는 뒤곁 콩밭 한가운데에 오리나무 무성한 묘지가 하나 있었다. 그 오리나무 그늘에 숨어 앉아 콩밭 아래로 내려다보니 집이라고 생긴 게 꼭 습지에 돋아 오른 여름 버섯 형상을 닮아 있었다.

나는 금세 어디서 묵은 빚 문서라도 불쑥 불거져 나올 것 같은 조마조마한 기분이었다.

애초의 허물은 그 빌어먹게 비좁고 음습한 단칸 오두막 때문이었다. 묵은 빚이 불거져 나올 것 같은 불편스런 기분이 들게 해 오는 것도 그랬고, 처음 예정을 뒤바꿔 하루 만에 다시 길을 되돌아갈 작정을 내리게 한 것 역시 그러했다. 하지만 내게 빚은 없었다. 노인에 대해선 처음부터 빚이 있을 수 없는 떳떳한 처지였다.

지열(地熱) 햇볕을 받아 땅의 표면에서 나는 열.
뒤곁 집 뒤에 있는 뜰이나 마당.
습지(濕地) 습기가 많은 축축한 땅.
⚜ 집이라고 생긴 게 ~ 버섯 형상을 닮아 있었다 노모의 낡고 작은 집이 마치 축축한 땅에 돋아난 버섯처럼 보인다는 뜻으로, 집(노모의 궁핍한 삶)을 바라보는 '나'의 우울한 심리가 반영되어 있는 표현이다.
묵다 일정한 때를 지나서 오래된 상태가 되다.
불거지다 어떤 사물이나 현상이 두드러지게 커지거나 갑자기 생겨나다.
⚜ 나는 금세 ~ 조마조마한 기분이었다 '나'는 노모가 사는 초라한 집을 바라보며, 자신이 노모를 위해 무언가를 해 주어야 할 것 같다는 부담감을 느끼고 있다. 그러나 이는 노모의 형편이 딱하기 때문일 뿐, 뒤에 나타나듯이 '나'는 자신에게 그런 의무('빚')가 없다고 생각한다.
허물 잘못 저지른 실수. 여기에서는 '좋지 않은 일의 원인'의 의미로 쓰임.
음습하다(陰濕--) 1. 그늘이 지고 축축하다. 2. 정서적으로 느끼기에 음산하고 눅눅하다.

노인도 물론 그 점에 대해선 나를 완전히 신용하고 있었다.

"내 나이 일흔이 다 됐는데, 이제 또 남은 세상이 있으면 얼마나 길라더냐."

이가 완전히 삭아 없어져서 음식 섭생이 몹시 불편스러워진 노인을 보고 언젠가 내가 지나가는 말처럼 권해 본 일이 있었다. 싸구려 가치라도 해 끼우는 게 어떻겠느냐는 나의 말 선심에 애초부터 그래 줄 가망이 없어 보여 그랬던지 노인은 단자리에서 사양을 해 버리는 것이었다.

"이럭저럭 지내다 이대로 가면 그만일 육신, 이제 와 늘그막에 웬 딴 세상을 보겠다고……."

한번은 또 치질기가 몹시 심해져서 배변을 힘들어하시는 걸 보고 수술 같은 걸 권해 본 일도 있었다.

노인은 그때도 역시 비슷한 대답이었다.

"나이를 먹어도 아녀자는 아녀자다. 어떻게 남의 눈에 궂은 데를 보이겠더냐. 그냥저냥 참다 갈란다."

⚜ 노인도 물론 ~ 신용하고 있었다 '나'는, 노모 자신도 아들인 '나'에게 무엇을 바랄 처지가 아님을 잘 알고 있으리라 생각한다. 뒤에 나타나듯이, 노모는 경제적인 면에서 '나'에게 아무것도 해 준 것이 없기 때문이다.

섭생(攝生) 양생(養生). 병에 걸리지 않도록 건강을 잘 관리함. 여기에서는 '음식을 잘 먹어서 건강을 유지함'의 의미로 쓰임.

가치(假齒) 의치(義齒). 이가 빠진 자리에 만들어 박은 가짜 이.

⚜ 말 선심 말로는 무언가를 후하게 베풀 듯하지만 실은 빈말일 뿐이라는 의미이다.

단자리(單--) 지금 일이 이루어지는 바로 그곳. 흔히 '단자리에서'의 형태로 쓰여, '그 자리에서 곧바로'라는 의미를 가진다.

궂다 언짢고 나쁘다. 여기에서는 '남에게 보이기 부끄럽다'의 의미로 쓰임.

남은 세상이 얼마 길지 못하리라는 체념 때문에도 그랬겠지만, 그보다 노인은 아무것도 아들에겐 주장하거나 돌려받을 것이 없는 당신의 처지를 감득하고 있는 탓에도 그리된 것이었다.

고등학교 1학년 때 형의 주벽으로 가계가 파산을 겪은 뒤부터, 그리고 마침내 그 형이 세 조카 아이와 그 아이들의 홀어머니까지를 포함한 장남의 모든 책임을 내게 떠맡기고 세상을 떠난 뒤부터 일은 줄곧 그렇게만 되어 온 셈이었다.

고등학교와 대학교와 군영 3년을 치러 내는 동안 노인은 내게 아무것도 낳아 기르는 사람의 몫을 못했고, 나는 또 나대로 그 고등학교와 대학교와 군영의 의무를 치르고 나와서도 자식놈의 도리는 엄두를 못 냈다. 노인이 내게 베푼 바가 없어서가 아니라 그럴 처지가 못 되었기 때문이다. 나는 나대로 형이 내게 떠맡기고 간 장남의 책임을 감당하기를 사양치 않을 수가 없었기 때문이었다.

노인과 나는 결국 그런 식으로 서로 주고받을 것이 없는 처지였다. 노인은 누구보다 그것을 잘 알고 있었다. 그렇기 때문에 내게 대해선 소망도 원망도 있을 수 없었다.

감득하다(感得--) 느끼거나 깨달아 알다.

주벽(酒癖) 1. 술버릇 2. 술을 매우 좋아하는 버릇.

가계(家計) 한 집안 살림의 수입과 지출의 상태.

파산(破産) 재산을 모두 잃고 망함.

군영(軍營) 군대가 주둔하는 곳. 여기에서는 '군 생활'의 의미로 쓰임.

그런 노인이었다. 한데 이번에는 웬일인지 노인의 눈치가 이상했다. 글쎄 그 가치나 수술마저 한사코 사양을 해 온 노인이, 나이 여든에서 겨우 두 해가 모자란 늘그막에 와서야 새삼스레 다시 딴 세상 희망이 생긴 것일까.

노인은 아무래도 엉뚱한 꿈을 꾸고 있는 것 같았다. 그것도 너무나 엄청난 꿈이었다.

지붕 개량 사업이 애초의 허물이었다.

"집집마다 모두 도단 아니면 기와들을 얹는단다."

노인은 처음 남의 말을 하듯이 집 이야기를 꺼냈었다. 어제 저녁때 노인과 셋이서 잠자리를 들기 전이었다. 밤이 이슥해서 형수는 뒤늦게 조카들을 데리고 이웃집으로 잠자리를 얻어 나가고, 우리는 노인과 셋이서 그 비좁은 오두막 단칸방에 잠자리를 함께 폈다.

어기영차! 어기영……. 그때 어디선가 밤일을 하는 남정들의 합창 소리가 왁자하게 부풀어 올랐다. 귀를 기울이고 듣고 있다가 무슨 소리냐니까 노인이 문득 생각난 듯이 귀띔을 해 왔다.

지붕 개량 사업 새마을 운동의 주요 사업 중 하나로, 초가를 없애고 지붕에 기와나 슬레이트, 함석 등을 얹는 사업. 새마을 운동은 1970년부터 실시된 지역 사회 개발 운동으로서, 당시 대통령이던 박정희의 뜻에 따라 시작되어 정부 주도로 진행되었다.

도단 아연을 도금한 철판, 즉 함석을 가리키는 일본어에서 유래한 말이다.

이슥하다 밤이 꽤 깊다.

⚜ 형수는 뒤늦게 조카들을 ~ 잠자리를 함께 폈다 이제껏 어머니와 형수, 세 조카가 하나뿐인 방에서 함께 지내 왔음을 알 수 있다.

남정(男丁) 남정네. 어른 남자.

"동네가 너도나도 집들을 고쳐 짓느라 밤잠들을 안 자고 저 야단들이구나."

농어촌 지붕 개량 사업이라는 것이었다. 통일벼가 보급된 후로는 집집마다 그 초가지붕 개초가 어렵게 되었단다. 초봄부터 시작된 지붕 개량 사업은 그래저래 제격이었다. 지붕을 개량하면 정부 보조금 5만 원을 얻는다는 것이었다. 모심기가 시작되기 전 봄철 한때하고 모심기가 끝난 초여름께부터 지금까지 마을 집들 거의가 일을 끝냈단다.

나는 처음 그런 노인의 이야기를 들었을 때 무턱대고 가슴부터 덜렁 내려앉고 있었다. 노인에 대한 빚 생각이 처음으로 머릿속에 떠오른 순간이었다. 이 노인이 쓸데없는 소망을 지니면 어쩌나. 하지만 나는 곧 마음을 가라앉혔다. 무엇보다도 나는 노인에 대해서 빚이란 게 없었다. 노인이 그걸 잊었을 리 없었다. 그리고 그런 아들에게 섣부른 주문을 내색할 리 없었다. 전부터도 그 점만은 안심을 할 만한 노인의 성깔이었다. 한데다가 그 노인이 설령 어떤 어울리잖을 소망을 지닌다 해도 이번에는 그 집 꼴이 문제 밖이었다. 도대체가 기와고 도단이고 지붕을 가꿀 만한 집 꼴이 못 되었다. 그래저래 노인도 소망을 지녀 볼

통일벼 벼 품종의 하나. 1970년대에 농촌 진흥청에서 개발하여 보급한 것으로, 병충해에 강하고 단위당 수확량이 기존의 벼보다 많다. 그러나 밥맛이 좋지 않기 때문에 요즘에는 재배되지 않는다. 볏짚이 짧고 억세며 서리에 약해, 초가지붕을 이는 데 적합하지 않다.

개초(蓋草) 볏짚 등으로 지붕을 덮는 일.

엄두를 못 낸 모양이었다. 이야기하는 말투가 영락없는 남의 일이었다.

하지만 사실은 그게 오해였다. 노인의 속마음은 그게 아니었다.

"관에서 하는 일이라면 이 집에도 몇 번 이야기가 있었겠군요?"

사태를 너무 낙관한 나머지 위로 겸해 한마디 실없는 소리를 내놓은 것이 나의 실수였다.

노인은 다시 자리를 일어나 앉았다. 그리고 머리맡에 놓아 둔 장죽 끝에다 풍년초 한 줌을 쏘아 박기 시작했다.

"왜 우리 집이라 말썽이 없었더라냐."

노인은 여전히 남의 말을 옮기듯 덤덤히 말했다.

"이장이 쫓아와 뜸을 들이고,⚜ 면에서 나와서 으름장을 놓고 가고……. 그런 일이 한두 번뿐이었으면야……. 나중엔 숫제 자기들 쪽에서 사정조로 나오더라."

"그래 어머닌 뭐라고 우겼어요?"

나는 아직도 노인의 진심을 모르고 있었다.

관(官) 정부나 관청 등을 이르는 말.

⚜ 이장이 쫓아와 뜸을 들이고 관청의 압력 때문에 이장이 마지못해 노인을 찾아왔으나, 그는 노인의 사정을 잘 알고 있기에 차마 지붕 개량에 대한 말을 직접적으로 하지는 못하고 머뭇거리기만 했다는 의미이다.

으름장 말과 행동으로 위협하는 짓.

숫제 아예. 차라리.

"우길 것도 뭣도 없는 일 아니겄냐. 지 놈들도 눈깔이 제대로 박힌 인간들일 것인디……. 사정을 해 오면 나도 똑같이 사정을 했더니라. 늙은이도 사람인디 나라고 어디 좋은 집 살고 싶은 맘이 없겄소. 맘으로야 천번 만번 우리도 남들같이 기와도 입히고 기둥도 갈아 내고 하고는 싶지만[⚜] 이 집 꼴을 좀 들여다보시오들. 이 오막살이 흙집 꼴에다 어디 기와를 얹고 말 것이 있겄소……."

"그랬더니요?"

"그랬더니 몇 번 더 발길을 스쳐 가더니 그담엔 흐지부지 말이 없더라. 지 놈들도 이 집 꼴을 보면 사정을 모를 청맹과니[•]들이라더냐?"

노인은 그 거칠고 굵은 엄지손가락 끝으로 뜨거운 장죽 끝을 꾹꾹 눌러 대고 있었다.

"그 친구들 아마 이 동네를 백 퍼센트 지붕 개량으로 모범 마을을 만들고 싶어 그랬던 모양이군요."

나는 왠지 기분이 씁쓸하여 그런 식으로 그만 이야기를 얼버무려 넘기려고 하였다. 그런데 그게 오히려 결정적인 실수였다.

"하기사 그 사람들도 그런 소리들을 하더라. 오늘 밤일을 하고 있는 저 집을 끝내고 나면 이제 이 동네에서 지붕 개량을

⚜ 기둥도 갈아 내고 하고는 싶지만 기둥도 새로 교체하고 싶지만.

청맹과니 사리에 밝지 못하여, 눈을 뜨고도 사물을 제대로 분간하지 못하는 사람.

안 한 집은 우리하고 저 아랫동네 순심이네 두 집밖엔 안 남는다니까 말이다."

"그래도 동네 듣기 좋은 모범 마을 만들자고 이런 집에까지 꼭 기와를 얹으라 하겠어요."

"그래 말이다. 차라리 지붕에 기와나 도단만 얹으랬으면 우리도 두 눈 딱 감고 한번 저질러 보고 싶기도 하더라마는, 이런 집은 아예 터부터 성주를 다시 할 집이라 그렇제……."

모범 마을이 꼬투리가 되어서 이야기가 다시 엉뚱한 곳으로 번지고 있었다. 나는 비로소 다시 가슴이 섬찟해 왔다. 하지만 이미 때가 너무 늦고 말았다.

"하기사 말이 쉬운 지붕 개량이지, 알속은 실상 새 성주를 하는 집도 여러 집 된단다."

한번 이야기를 꺼낸 노인이 거기서부터는 새삼 마을 사정을 소상하게 털어놓기 시작했다.

그 지붕 개량 사업이라는 것은 알고 보니 사실 융통성이 꽤나 많은 일이었다.✤ 원칙은 그저 초가지붕을 벗기고 기와나 도단을

성주 민간 신앙에서 집을 보호한다고 하는 신. 예전에는 집을 지을 때에 성주 신을 맞아들이는 의식(상량식)을 했다. 여기에서 '성주를 다시 하다' 라는 표현은 집을 새로 짓거나, 그에 버금가는 정도로 고치는 일을 의미한다.

섬찟하다 섬찍하다. 갑자기 소름이 끼치도록 놀라는 데가 있다.

알속 알맹이. 여기에서는 '실제로'의 의미로 쓰임.

소상하다(消詳--) 아주 상세하다.

✤ 융통성이 꽤나 많은 일이었다 하는 사람의 사정이나 뜻에 따라, 다르게 할 수 있는 폭이 꽤 넓은 일이었다.

얹는 것이었지만, 기와의 하중을 견뎌 내기 위해선 기둥을 몇 개쯤 성한 것으로 갈아 넣어야 할 집들이 허다했다. 그걸 구실로 대부분의 사람들은 성주를 새로 하듯 집들을 터부터 고쳐 지어 버렸다. 노인에게도 물론 그런 권유가 여러 번 들어왔다. 기둥이 허술해서 기와를 못 얹는다는 건 구실일 뿐이었다. 허술한 기둥을 구실로 끝끝내 기와 얹기를 미뤄 온 집이 세 가구가 있었는데, 이날 밤에 또 한 집이 새 성주를 위해서 밤일을 벌이고 있다는 것이었다. 노인이 기와 얹기를 단념한 것은 집 기둥이 너무 허약해서가 아니었다. 노인은 새 성주가 겁이 나 일을 단념할 수밖에 없었던 것이다. 허술한 기둥만 믿을 수가 없었다.

일은 아직도 낙관할 수 없었다. 나는 불시에 다시 그 노인에 대한 나의 빚만을 생각하고 있었다.

노인도 거기서 한동안은 그저 꺼져 가는 장죽 불에만 신경을 쏟고 있었다. 하더니 이윽고는 더 이상 소망을 숨기기가 어려운 듯 가는 한숨을 삼키는 것이었다. 그러고는 그 한숨 끝에다 무심결인 듯 덧붙여 왔다.

하중(荷重) 어떤 물체 따위의 무게.

성하다 물건이 본디 모습대로 멀쩡하다.

허다하다(許多--) 수효가 매우 많다.

⚜ 허술한 기둥만 믿을 수가 없었다 기둥이 허술해서 기와를 얹을 수 없으므로 지붕 개량을 할 수 없을 것이라고 안심하고 있었지만, 지붕 개량에서 더 나아가 기둥을 부수고 새로 집을 지을 수도 있음을 생각해 내고 '나'는 다시금 불안해하는 것이다.

불시(不時) (주로 '불시에', '불시의', '불시로' 꼴로 쓰여) 뜻하지 아니한 때.

무심결(無心-) (흔히 '무심결에' 꼴로 쓰여) 아무런 생각이 없어 스스로 깨닫지 못하는 사이.

"이참에 웬만하면 우리도 여기다 방 한 칸쯤이나 더 늘여 내고 지붕도 도단으로 얹어 버리면 싶긴 하더라만……."

마침내 노인이 당신의 소망을 내비친 것이었다.

"오늘 당할지 낼● 당할지 모를 일⚜이기는 하다만, 날짐승만도 못한 목숨이 이리 모질기만 하다 보니 별의별 생각이 다 드는구나. 저런 옷궤● 하나도 간수할 곳이 없어 이리 밀치고 저리 밀치다 보면 어떤 땐 그저 일을 저질러 버리고 싶은 생각이 꿀떡 같아지기도 하고⚜……."

노인은 결국 그런 식으로 당신의 소망을 분명히 해 버리고 만 셈이었다. 지금은 아니더라도 적어도 그런 소망을 지녔던 것만은 분명히 한 것이었다.

나는 이제 할 말이 없었다. 눈을 감은 채 듣고만 있었다. 노인에 대해선 빚이 없음을 골백번● 속으로 다짐하고 있었다.

"이번에는 면에서도 그냥 흐지부지 지나가 주더라만 내년엔 또 이번처럼 어떻게 잠잠해 주기나 할는지. 하기사 면 사람들 무서워 집을 고친다고 할 수도 없는 노릇이제. 늙은이 냄

낼 내일.

⚜ 오늘 당할지 낼 당할지 모를 일 (어머니 자신이) 오늘 죽을지 내일 죽을지 모르는 일.

옷궤(-櫃) 옷을 넣어 두는 나무 상자.

⚜ 일을 저질러 버리고 싶은 생각이 꿀떡 같아지기도 하고 경제적으로 부담스럽기는 하지만, 집을 개축하고 싶은 생각이 몹시 간절하다는 뜻으로, 어머니의 속마음이 드러나는 부분이다. '생각이 꿀떡 같다' 라는 표현은 '무엇을 하고 싶은 생각이 매우 간절하다' 라는 의미의 관용구이다.

골백번(-百番) '여러 번' 을 강조하거나 속되게 이르는 말.

새가 싫어 그런지 그래도 한데서 등짝 붙이고 누울 만한 방 놔두고 밤마다 남의 집으로 잠자릴 얻어 다니는 저것들 에미 꼴도 모른 체하지는 못할 일이니라."

내가 아예 대꾸를 않으니까 노인은 이제 혼잣말 비슷이 푸념을 계속했다. 듣다 보니 노인의 머릿속엔 이미 꽤 구체적인 계획표까지 마련되어 있었던 것 같았다.

"나라에서 보조금을 5만 원이나 내주겠다, 일을 일단 저지르고 들었더라면 큰돈이야 얼마나 더 들 일이 있었을라더냐……. 남정네가 없어 남들처럼 일손을 구하기가 쉽진 못했겠지만 네 형수가 여름 한철만 밭을 매 주기로 했으면 건넛집 용석이 아배라도 그냥 모른 체하지는 않았을 것이다……."

흙일을 돌볼 사람은 그 용석이 아버지에게 부탁을 하고, 기둥을 갈아 낼 나무 가대는 이장네 산에서 헐값으로 몇 개 부탁해 볼 수 있었다는 것이다.

노인의 장죽 끝에는 이제 불기가 꺼져 식어 있었다. 노인은 연신 그 불이 꺼진 장죽을 빨아 대면서, 한사코 그 보조금 5만 원과 이웃의 도움 아까워서라도 일을 단념하기가 아쉬웠다는 투였다.

하지만 노인은 그러면서도 끝끝내 내게 대한 주장이나 원망

푸념 마음속에 품은 불평을 늘어놓음. 또는 그런 말.

흙일 흙을 반죽하거나 바르는 따위의 일.

가대(架臺) 물건 따위를 얹어 놓기 위하여 밑을 받쳐 세운 구조물.

의 빛을 보이진 않았다. 이야기의 형식은 어디까지나 과거의 일로서 그런 생각을 해 봤을 뿐이고, 그럴 뻔했다는 말일 뿐이었다. 그리고 그런 식으로 나에 대해선 어떤 형식으로도 직접적인 부담감을 느끼게 하지 않으려는 식이었다. 말하는 목소리도 끝끝내 그 체념기가 짙은 특유의 침착성을 잃지 않은 채였다.

"하지만 다 소용없는 일이다. 세상 일이 그렇게 맘같이만 된다면야 나이 먹고 늙은 걸 설워 안 할 사람이 있을라더냐. 나이를 먹으면 애기가 된다더니 이게 다 나이 먹고 늙어 가는 노망기 한가지제."

종당에는 그 은밀스런 당신의 소망조차 당신 자신의 실없는 노망기 탓으로 돌리고 있었다.

하지만 나는 이제 노인의 내심을 못 알아볼 리 없었다. 한마디 말참견도 없이 눈을 감고 잠이 든 척 잠잠히 누워만 있던 아내까지도 그것을 분명히 눈치채고 있었다.

"당신, 어젯밤 어머니 말씀에 그렇게밖에 응대해 드릴 방법이 없었어요?"

오늘 아침 아내는 마당가로 세숫물을 떠 들고 나왔다가 낮은

노망기(老妄氣) 늙어서 말이나 행동이 정상을 벗어나는 상태가 되려는 기미(낌새).

한가지 형태, 성질, 동작 따위가 서로 같은 것.

종당(從當) (주로 '종당에' 꼴로 쓰여) 일의 마지막.

내심(內心) 속마음.

응대하다(應對--) 부름이나 물음 또는 요구 따위에 응하여 상대하다.

소리로 추궁을 해 왔다. 그때 나는 아내에게 그저 쓸데없는 참견 말라는 듯 눈매를 잔뜩 깎아 떠 보였었다.⚜ 아내는 그러는 나를 차라리 경멸 조로 나무랐다.

"당신은 참 엉뚱한 데서 독해요. 늙은 노인네가 가엾지도 않으세요. 말씀이라도 좀 더 따뜻하게 위로를 드릴 수 있었을 텐데 말예요."

아내도 분명 노인의 말뜻을 알아듣고 있었다. 그리고 나보다도 더 노인의 일을 걱정하고 있었다. 노인에 대한 나의 속마음도 속속들이 모두 읽고 있는 게 당연했다. 내일 아침으로 서둘러 서울로 되돌아가겠노라는 나의 결정에 아내가 은근히 분개하고 나선 것도 그런 사연을 모두 알고 있기 때문이었다. 한다고 그년들 무슨 뾰족한 수가 있을 수가 있는가.⚜

어쨌든 노인이 이제라도 그 집을 새로 짓고 싶어 하고 있는 건 분명했다. 아무래도 알 수 없는 일이었다. 아닌 게 아니라 나이를 먹으면 노인들은 모두 어린애가 되어 가는 것일까. 노인은 정말로 내게 빚이 없다는 사실을 잊어버리고 만 것인가. 노인의 말처럼 그건 일테면 노망기가 분명했다. 그런 염치도 못 가릴

추궁(追窮) 잘못한 일에 대하여 엄하게 따져서 밝힘.

눈매 눈이 생긴 모양새.

⚜ 눈매를 잔뜩 깎아 떠 보였었다 눈을 가늘게 뜨고 날카롭게 노려보았었다.

⚜ 한다고 그년들 ~ 수가 있는가 아내는 '나'가 어머니를 왜 매정하게 대하는지 알고 있지만, 아내라고 한들 나와 어머니 사이의 그 불편한 관계를 풀어 줄 수는 없다는 의미이다.

염치(廉恥) 체면을 차릴 줄 알며 부끄러움을 아는 마음.

정도로 노인은 그렇게 늙어 버린 것이었다. 하지만 나는 굳이 노인의 그런 노망기를 원망할 필요도 없었다. 문제는 서로간의 빚의 문제였다. 노인에 대해 빚이 없다는 사실만이 내게는 중요했다. 염치가 없어져서건 노망을 해서건 노인에 대해 내가 갚아야 할 빚만 없으면 그만인 것이다.

'빚이 있을 리 없지. 절대로! 글쎄 노인도 그걸 알고 있으니까 정면으로는 말을 꺼내지 못하질 않던가 말이다.'

어디선가 계속 무덥고 게으른 매미 울음소리가 들려왔다.⚜

나는 비로소 마음을 굳힌 듯 오리나무 그늘에서 몸을 힘차게 일으켜 세웠다. 콩밭 아래로 흘러 뻗은 마을이 눈앞으로 멀리 펼쳐져 나갔다. 거기 과연 아직 초가지붕을 이고 있는 건 노인네의 그 버섯 모양 오두막과 아랫동네의 다른 한 채가 전부였다.

'빌어먹을! 그 지붕 개량 사업인지 뭔지 하필 이런 때 법석들이지?'

아무래도 심기가 편할 수는 없었다. 나는 공연히 그 지붕 개량 사업 쪽에다 애꿎은 저주를 보내고 있었다.

⚜ 어디선가 계속 무덥고 게으른 매미 울음소리가 들려왔다 매미 울음소리에 대한 인상을 통해 '나'의 답답하고 무거운 심리를 드러낸 부분이다.

심기(心氣) 마음으로 느끼는 기분.

애꿎다 (주로 '애꿎은' 꼴로 쓰여) 그 일과는 아무런 상관이 없다.

3

해가 훨씬 기운 다음에야 콩밭을 가로질러 노인의 집 뒤꼍으로 뜰을 들어서려다 보니, 아내는 결국 반갑지 않은 화제를 벌여 놓고 있었다.

"이 나이에 내가 살면 얼마나 더 좋은 세상을 살겠다고 속없이 새 방 들이고 기와지붕을 덮자겠냐……. 집 욕심 때문이 아니라 나 간 뒷일이 안 놓여 그런다……."

뒤꼍에서 앞뜰로 발길을 돌아 나서려는데, 장지문을 반쯤 열어젖힌 안방에서 노인의 말소리가 도란도란 흘러나오고 있었다.

"날씨가 선선한 봄가을철이나, 하다못해 마당에 채일이라도 치고들 지내는 여름철만 되더라도 걱정이 덜하겠다마는, 한겨울 추위 속에서나 운 사납게 숨이 딸깍 끊어져 봐라. 단칸방 아랫목에다 내 시신 하나 가득 늘여 놓으면 그 일을 어쩔 것이냐."

이번에도 또 그 집에 관한 이야기였다. 노인을 어떻게 위로

화제(話題) 이야깃거리.

속없이 생각에 줏대가 없이.

⚜ 나 간 뒷일이 안 놓여 그런다 자신이 죽은 다음의 일이 마음 놓이지 않아 집을 고치고 싶다는 의미이다.

채일 차일(遮日). 햇볕을 가리기 위하여 치는 포장.

늘이다 넓게 벌여 놓다.

한다는 것일까. 아니면 아내는 내가 그 노인의 소망을 더 이상 어떻게 외면할 수 없도록 드러내 버리고 싶었던 것일까. 답답하게 눈치만 보고 도는 나에 대한 아내의 원망은 그토록 뿌리가 깊고 지혜로웠더란 말인가. 노인의 이야기는 아내가 거기까지 유도해 내고 있었던 게 분명했다. 노인은 이제 그 아내 앞에 당신의 집에 대한 소망을 분명한 목소리로 털어놓고 있었다.

그리고 이젠 당신의 소망에 대한 솔직한 사연을 말하고 있었다. 노인의 그 오랜 체념의 습관과 염치를 방패삼아 어물어물 고비를 지나가려던 내 앞에 노인의 소망이 마침내 노골적인 모습을 드러낸 것이었다. 노인의 소망은 이미 짐작하고 있었지만, 설마하면 그렇게 분명한 대목까지는 만날 줄을 몰랐던 일이었다. 나는 마치 마지막 희망이 무너진 느낌이었다. 하지만 그 노인의 설명에는 나에게는 마침내 분명해진 것이 있었다. 노인이 갑자기 그 집에 대한 엉뚱한 소망을 지니게 된 내력이었다. 노인은 아직도 당신의 삶을 위해서는 새삼스런 소망을 지니고 있지 않았다. 노인의 소망은 당신의 사후에 내력이 있었다.

"떠돌아 들어 살아오긴 했어도, 난 이 동네 사람들한테 못할 일은 한 번도 안 해 보고 살아온 늙은이다. 궂은 밥 먹고 궂은

외면하다(外面--) 마주치기를 꺼리어 피하거나 얼굴을 돌리다.
유도하다(誘導--) (사람이나 물건 등을) 목적한 장소나 방향으로 이끌다.
고비 일이 되어 가는 과정에서 가장 중요한 단계나 대목. 또는 막다른 절정.
내력(來歷) 일정한 과정을 거치면서 이루어진 까닭.
사후(死後) 죽은 뒤.

옷 입고 궂은 잠자리 속에 말년을 보냈어도⚜ 난 이웃이나 이 동네 사람들한테 궂은 소리는 안 듣고 늙어 왔다. 이 소리가 무슨 소린고 하니 나 죽고 나면 그래도 이 동네 사람들, 이 늙은이 주검 위에 흙 한 삽, 뗏장 한 장씩은 덮어 주러 올 거란 말이다. 늙거나 젊거나 그렇게 날 들여다봐 주러 오는 사람들을 어찌할 것이냐. 사람은 죽어서 이웃이 없는 것보다 더 고단한 것도 없는 것인디, 오는 사람 마다할 수 없고 가난하게 간 늙은이가 죽어서라도 날 들여다봐 주러 오는 사람들한테 쓴 소주 한잔 대접해 보내고 싶은 게 죄가 될 거나. 그래서 그저 혼자서 궁리해 본 일이란다. 숨 끊어지는 날 바로 못 내다 묻으면 주검하고 산 사람들이 방 하나뿐 아니냐. 먼 데서 온 느그들도 그렇고……. 그래서 꼭 찬바람이나 막고 궁둥이 붙여 앉을 방 한 칸만 어떻게 늘여 봤으면 했더니라마는……. 그게 어디 맘 같은 일이더냐. 이도 저도 다 늙고 속없는 늙은이 노망길 테이제……."

노인의 소망은 바로 그 당신의 죽음에 대한 대비에서 비롯된 것이었다.

말년(末年) 인생의 마지막 무렵.

⚜ 궂은 밥 먹고 궂은 옷 입고 궂은 잠자리 속에 말년을 보냈어도 인생의 말년에 궁핍하게 살기는 했지만.

주검 죽은 사람의 몸.

뗏장 흙이 붙어 있는 상태로 뿌리째 떠낸 잔디의 조각.

고단하다(孤單--) 단출하고 외롭다.

마다하다 거절하거나 싫다고 하다.

알 만한 노릇이었다. 살림이 망하고 옛 살던 동네를 나와 떠돌기 시작하면서부터 언제나 당신의 죽음에 대한 대비를 게을리해 오지 않던 노인이었다. 동네 뒷산 양지바른 언덕 아래다 마을 영감 한 분에게 당신의 집터(노인은 당신의 무덤 자리를 늘 그렇게 말했다.)를 미리 얻어 놓고 겨울철에도 날씨가 좋으면 그곳을 찾아가 햇볕 바라기를 하다가 내려온다던 노인이었다. 노인은 이제 당신의 죽음에 마지막 준비를 서두르고 있는 것이었다. 나는 더 노인의 이야기를 엿듣고 있을 수가 없었다. 발길을 움직여 소리 없이 자리를 피해 버리고 싶었다.

한데 그때였다. 쓸데없는 일에 감동을 잘하는 아내가 아무래도 견딜 수가 없어진 모양이었다.

"전에 사시던 집은 터도 넓고 칸 수도 많았다면서요?"

아내가 느닷없이 화제를 바꾸고 나섰다. 별달리 노인을 달랠 말이 없으니, 지나간 일이나마 그렇게 넓게 살던 옛집의 기억을 상기시켜서라도 노인을 위로하고 싶어진 것이리라. 그것은 노인도 한때 번듯한 집 살림을 해 온 기억을 되돌이키게 해서 기분을 바꿔 드리고 싶어서이기도 했겠지만, 그 외에도 그것은 또 언제나 가난한 살림만을 보고 가게 하는 부끄러운 며느리 앞에 당신의 자존심을 얼마간이나마 되살려 내게 할 가외의 효과도

양지바르다(陽地---) 땅이 볕을 잘 받게 되어 있다.
상기(想起) 지난 일을 돌이켜 생각하여 냄.
가외(加外) 일정한 기준이나 정도의 밖.

있을 수 있었다. 어쨌거나 나는 당분간 다시 자리를 피할 필요가 없어지고 있었다.

"옛날 살던 집이야, 크고 넓었제. 다섯 칸 겹집에다 앞뒤 터가 운동장이었더니라……. 하지만 이제 와서 그게 다 무슨 소용이냐. 남의 집 된 지가 20년이 다 된 것을……."

"그래도 어머님은 한때 그런 좋은 집도 살아 보셨으니 추억은 즐거운 편이 아니시겠어요? 이 집이 답답하고 짜증나실 땐 그런 기억이라도 되살려 보세요."

"기억이나 되살려서 어디다 쓰게야. 새록새록 옛날 생각이 되살아나다 보면 그렇지 않아도 심사가 어지러운 것을."

"하긴 그것도 그러실 거예요. 그렇게 넓은 집에 사셨던 생각을 하시면 지금 사시는 형편이 더 짜증스러워지기도 하시겠죠. 뭐니 뭐니 해도 지금 형편이 이렇게 비좁은 단칸방 신세가 되고 마셨으니 말씀이에요……."

노인과 아내는 잠시 그렇게 위론지 넋두린지 분간이 가지 않는 소리들을 주고받고 있었다. 한동안 그렇게 오가는 이야기를 듣다 보니, 나는 그 아내의 동기가 다시 조금씩 의심스러워지고 있었다. 아내의 말투는 그저 노인을 위로하기 위해서가 아

겹집 한 개의 종마루 아래에 두 줄로 나란히 방을 만든 집.
종마루(宗--) 용마루. 지붕 가운데 부분에 있는 가장 높은 수평 마루.
심사(心思) 어떤 일에 대한 여러 가지 마음의 작용.
넋두리 불만을 길게 늘어놓으며 하소연하는 말.

니었다. 노인을 위로해 드리기는커녕 심기만 점점 더 불편스럽게 하고 있었다. 노인에게 옛집을 상기시켜 드리는 것은 당신의 불편스런 심기를 주저앉히기보다 오늘을 더욱더 비참스럽게 느끼게 만들고 있었다. 집을 고쳐 짓고 싶은 그 은밀스런 소망을 자꾸만 밖으로 후벼 대고 있었다. 아내의 목적은 차라리 그쪽에 있었던 것 같았다.

아내에 대한 나의 판단은 과연 크게 빗나가지 않았다.

"방이 이렇게 비좁은데 그럼 어머니, 이 옷장이라도 어디 다른 데로 좀 내놓을 수 없으세요? 이 옷장을 들여놓으니까 좁은 방이 더 비좁지 않아요."

아내는 마침내 내가 가장 거북스럽게 시선을 피해 오던 곳으로 화제를 끌어들이고 있었다.

바로 그 옷궤 이야기였다. 17, 8년 전, 고등학교 1학년 때였다. 술버릇이 점점 사나워져 가던 형이 전답을 팔고 선산을 팔고, 마침내는 그 아버지 때부터 살아온 집까지 마지막으로 팔아넘겼다는 소식이 들려왔다. K시에서 겨울 방학을 보내고 있던 나는 도대체 일이 어떻게 되어 가는지 알아보고 싶어 옛 살던 마을을 찾아가 보았다. 집을 팔아 버렸으니 식구들을 만나게 될 기대는 없었지만, 그래도 달리 소식을 알아볼 곳이 있기 때문이

전답(田畓) 논밭.
선산(先山) 조상의 무덤이 있는 산.

었다. 어스름을 기다려 살던 집 골목을 들어서니 사정은 역시 K시에서 듣고 온 대로였다. 집은 텅텅 빈 채였고 식구들은 어디론지 간 곳이 없었다. 나는 다시 골목 앞에 살고 있던 먼 친척간 누님을 찾아갔다. 그런데 그 누님의 말을 들으니, 노인이 뜻밖에 아직 나를 기다리고 있다는 것이었다.

"여기가 어디냐. 네가 누군디 내 집 앞 골목을 이렇게 서성대고 있어야 하더란 말이냐."

한참 뒤에 어디선가 누님의 소식을 듣고 달려온 노인이 문간 앞에서 어정어정 망설이고 있는 나를 보고 다짜고짜 나무랐다. 행여나 싶은 마음으로 노인을 따라 문간을 들어섰으나 집이 팔린 것은 분명해 보였다.

그날 밤 노인은 옛날과 똑같이 저녁을 지어 내왔고, 그날 밤을 거기서 함께 지냈다. 그리고 이튿날 새벽 일찍 K시로 나를 다시 되돌려 보냈다. 나중에야 안 일이지만 노인은 그렇게 나에게 저녁밥 한 끼를 지어 먹이고 마지막 밤을 지내게 해 주고 싶어, 새 주인의 양해를 얻어 그렇게 혼자서 나를 기다리고 있었다 했다. 언젠가 내가 다녀갈 때까지는 하룻밤만이라도 내게 옛집의 모습과 옛날 같은 분위기 속에 맘 편히 눈을 붙이고 가게 해 주고 싶어서였는지 모른다. 아무리 그렇더라도 문간을 들어설 때부터 썰렁한 집안 분위기가 이사를 나간 빈집이 분명했건만.

양해(諒解) 남의 사정을 잘 헤아려 너그러이 받아들임.

한데도 노인은 그때까지 매일같이 그 빈집을 드나들며 먼지를 털고 걸레질을 해 온 것이었다. 그리고 그때 노인은 아직 집을 지켜 온 흔적으로 안방 한쪽에다 이불 한 채와 옷궤 하나를 예대로 그냥 남겨 두고 있었다. 이튿날 새벽 K시로 다시 길을 나설 때서야 비로소 집이 팔린 사실을 시인해 온 노인의 심정으로는 그날 밤 그 옷궤 한 가지로나마 옛집의 분위기를 되살려 내 괴로운 잠자리를 위로하고 싶었음이 분명한 것이다.

그러한 내력이 숨겨져 온 옷궤였다. 떠돌이 살림에 다른 가재도구가 없어서도 그랬겠지만, 이 20년 가까이를 노인이 한사코 함께 간직해 온 옷궤였다. 그만큼 또 나를 언제나 불편스럽게 만들어 온 물건이었다. 노인에게 빚이 없음을 몇 번씩 스스로 다짐하고 있다가도 그 옷궤만 보면 무슨 액면가 없는 빚 문서를 만난 듯 기분이 꺼림칙스러워지곤 하던 물건이었다.

이번에도 물론 마찬가지였다. 노인의 방을 들어선 순간에 벌써 기분을 불편스럽게 해 오던 옷궤였다. 그리고 끝내는 이틀 밤을 못 넘기고 길을 다시 되돌아갈 작정을 내리게 한 것도 알고 보면 바로 그 옷궤의 허물이 컸을지 모른다.

예대로 예전 그대로.

가재도구(家財道具) 집안 살림에 쓰는 여러 물건.

⚜ 액면가 없는 빚 문서 '액면가(額面價)'는 화폐나 유가 증권 따위의 표면에 적힌 가격을 의미한다. 따라서 '액면가 없는 빚 문서'라는 표현은 '액수를 가늠할 수 없는, 어찌해도 갚을 길이 없는 빚'을 뜻한다고 볼 수 있다. '옷궤'가 상징하는 어머니의 사랑이 헤아릴 수 없이 크다는 생각이 암시적으로 표현된 구절이다.

아내도 물론 그 옷궤에 관한 내력을 내게서 들을 만큼 듣고 있었다. 그리고 그걸 알고 있는 여자라면 그 옷궤에 관한 나의 기분도 짐작을 못할 그녀가 아니었다. 아내는 일부러 그 옷궤 이야기를 꺼냈음이 분명했다. 더욱이 내가 바깥에서 두 사람의 이야기를 엿듣고 있는 걸 알고서 그랬을 수도 있었다.

나는 어느새 콧속을 후벼대는 못된 버릇이 되살아날 만큼 긴장하고 있었다. 생각지도 않았던 곳에서 갑자기 묵은 빚 문서가 튀어나올 것 같은 조마조마한 기분이었다. 노인이 치사하게 그 묵은 빚 문서로 나를 궁지에 몰아넣으려 덤빌 수도 있었다.

'그래 보라지. 누가 뭐래도 내겐 절대로 빚진 게 없으니까. 그래 본들 없는 빚이 생길 리가 있을라구.'

나는 거의 기구를 드리듯 눈을 감고 기다렸다.

하지만 다행스러운 것은 아직도 그 무심스러워 보이기만 한 노인의 대꾸였다.

"옷궤를 내놓으면 몸에 걸칠 옷가지는 다 어디다 간수하고야? 어디다 따로 내놓을 데가 있는 것도 아니지만, 그걸 어디다 내놓을 데가 생긴다고 해도 그것 말고는 옷가지 나부랑일 간수해 둘 데는 있어얄 것 아니냐."

알고 그러는지 모르고 그러는지 노인은 그 옷궤 쪽에는 그리 신경을 쓰고 있지 않은 것 같았다.

기구(祈求) 원하는 바가 실현되도록 빌고 바람. 기도.

"옷이야 어떻게 못을 박아 걸더라도, 사람이 우선 좀 발이라도 뻗고 누울 자리가 있어야잖아요. 이건 뭐 사람보다도 옷장을 모시는 꼴이지 뭐예요."

아내는 거의 억지를 부리고 있었다. 옷궤에 대한 노인의 집착심을 시험해 보기 위한 수작임이 분명했다.

하지만 노인의 반응은 여전히 의연했다.

"그건 네가 모르는 소리다. 그 옷궤라도 하나 없으면 이 집을 누가 사람 사는 집이라 할 수 있겠냐. 사람 사는 집 흔적으로 해서라도 그건 집안에 지녀야 할 물건이다."

"어머님은 아마 저 옷장에 그럴 만한 사연이 있으신가 봐요. 시집오실 때 해 오신 건가요?"

노인의 나이가 너무 높다 보니 아내는 때로 그 노인 앞에 손주딸처럼 버릇이 없어지기도 했지만, 이번에는 숫제 장난기 한 가지였다.

"내력은 무슨……."

노인은 이제 그것으로 그만 입을 다물어 버리고 말았다. 옷궤 이야기는 더 이상 들추고 싶지가 않은 모양이었다.

하지만 아내 쪽도 그쯤 호락호락 물러설 여자가 아니었다. 노인이 입을 다물어 버리자 아내도 잠시 할 말을 잃은 듯 침묵을

수작(酬酌) 남의 말이나 행동, 계획을 낮잡아 이르는 말.
의연하다(依然--) 전과 다름이 없다.

지키고 있더니, 이윽고는 다시 공세를 펴기 시작했다.

"하긴 어쨌거나 어머님 마음이 편하진 못하시겠어요. 뭐니 뭐니 해도 옛날 사시던 집을 지켜 오시는 게 제일 좋으셨을 텐데 말씀이에요. 도대체 그 집은 어떻게 해서 팔리게 되었어요?"

다시 그 집 얘기였다. 그 역시 모르고 묻는 소리가 아니었다. 아내는 그 옷궤의 내력과 함께 집이 팔리게 된 사정에 대해서도 모두 알고 있었다. 하면서도 그녀는 다시 노인에게 그것을 되풀이 시키려 하고 있었다. 옷궤를 구실로 그 노인의 소망을 유인해 내려는 그녀 나름의 노력의 연장이었다.

하지만 노인의 태도도 아직은 그 아내에 못지않게 끈질긴 데가 있었다.

"집이 어떻게 팔리기는……. 안 팔아도 좋을 집을 장난삼아서 팔았을라더냐. 내 집 지니고 살 팔자가 못 돼 그리된 거제……."

알고도 묻는 소릴 노인은 또 노인대로 내력을 얼버무려 넘기려고 하였다.

"그래도 사정은 있었을 게 아녜요? 그 집 지을 때 돌아가신 아버님이 몹시 고생을 하셨다고 하던데요."

공세(攻勢) 공격하는 태세.
유인하다(誘引--) 주의나 흥미를 일으켜 꾀어내다.
연장(延長) 어떤 일의 계속. 또는 하나로 이어지는 것.

"집이야 참 어렵게 장만한 집이었지야. 남같이 한번에 지어 올린 집이 아니고 몇 해에 걸쳐서 한 칸씩 두 칸씩 살림 형편 좇아서 늘려 간 집이었더니라. 그렇게 마련한 집이 결국은 내 집이 못 되고……. 그런다고 이제 그런 소린 해서 다 뭣을 하겄냐. 어차피 내 집이 못 될 운수라 그리된 일을 이런 소리 곱씹는다고 팔려 간 집 다시 내 집이 되어 돌아올 것도 아니고……."

"하지만 그리 어렵게 장만한 집이라 애석한 생각이 더할 게 아녜요. 지금 형편도 그럴 수밖에 없고요. 어떻게 되어 그리 되고 말았는지 그때 사정이라도 좀 말씀해 보세요."

"그만둬라, 다 소용없는 일이다. 이제는 그럭저럭 세월이 흘러서 기억도 많이 희미해진 일이고……."

한사코 이야기를 피하려는 노인에게 아내는 마침내 마지막 수단을 동원하고 있었다.

"좋아요. 어머님께선 아마 지난 일로 저까지 공연히 속을 상하게 할까 봐 그러시는 모양인데요, 그래도 별로 소용이 없으세요. 저도 사실은 이야기를 대강 다 들어 알고 있단 말씀예요."

"이야기를 들어? 누구한테서?"

노인이 비로소 조금 놀라는 기미•였다.

기미(幾微/機微) 낌새. 어떤 일을 알아차릴 수 있는 눈치. 또는 일이 되어 가는 야릇한 분위기.

"그야 물론 저 사람한테지요."

노인의 물음에 아내가 대답했다. 눈에는 보이지 않았지만, 밖에서 엿듣고 있는 나를 지목한 말투가 분명했다. 짐작대로 그녀는 벌써부터 내가 밖에서 엿듣고 있는 낌새를 알아차리고 있었음이 분명했다.

"제가 알고 있는 건 그 집을 팔게 된 사정뿐만도 아니에요. 어머님께서 저 사람한테 그 팔려 간 집에서 마지막 밤을 지내게 해 주신 일도 모두 알고 있단 말씀이에요. 모른 척하고 있기는 했지만 저 옷장 말씀이에요, 그날 밤에도 어머님은 저 헌 옷장 하나를 집 안에다 아직 남겨 두고 계셨더라면서요. 아직도 저 사람한텐 어머님이 거기서 살고 계신 것처럼 보이시려고 말씀이에요."

아내는 차츰 목소리가 떨려 나오고 있었다.

"그렇담 어머님, 이제 좀 속 시원히 말씀해 보세요. 혼자서 참아 넘기시려고만 하지 마시고 말씀이라도 하셔서 속을 후련히 털어놔 보시란 말씀이에요. 저흰 어머님 자식들 아닙니까. 자식들한테까지 어머님은 어째서 그렇게 말씀을 참아 넘기시려고만 하세요."

아내의 어조는 거의 울먹임에 가까웠다. 노인도 이젠 어찌할 수가 없는지, 한동안 묵묵히 대꾸가 없었다.

나는 온통 입안의 침이 다 마르고 있었다. 노인의 대꾸가 어떻게 나올지 숨도 못 쉰 채 당신의 다음 말만 기다리고 있었다.

하지만 그 아내나 나의 조바심과는 아랑곳없이 노인은 끝내 심기를 흩뜨리지 않았다.

"그래 그 아그(아이)도 어떻게 아직 그날 밤 일을 잊지 않고 있더냐?"

"그래요. 그리고 그날 밤 어머님은 저 사람이 집을 못 들어가고 서성대고 있으니까 아직도 그 집이 안 팔린 것처럼 저 사람을 안으로 데려가다 저녁까지 한 끼 지어 먹이셨다면서요?"

"그럼 됐구나. 그렇게 죄다 알고 있는 일을 뭐 하러 한사코 나한테 되뇌게 하려느냐."

"저 사람은 벌써 잊어 가고 있거든요. 저 사람한테선 진짜 얘기를 들을 수도 없고요. 사람이 모질어 저 사람은 그런 일 일부러 잊어요. 그래 이번엔 어머님한테서 진짜 이야길 듣고 싶은 거예요. 저 사람 얘기 말고 어머님의 그날 밤 진짜 심경을 말씀이에요."

"심경이나마나 저하고 별다른 대목이 있었을라더냐. 사세부득해서 팔았다곤 하지만 아직은 그래도 내 발길이 끊이지 않은 집인데, 그 집을 놔두고 그 아그가 그래 발길을 주춤주춤 어정대고 서 있더구나……."

아그(아이) 문맥상 아들인 '나'를 가리킴.

사세부득하다(事勢不得--) 어쩔 수 없는 상황 때문에 그렇게 할 수밖에 없다.

아내의 성화를 견디다 못해 노인은 결국 마지못한 어조로 그날 밤 일을 돌이키고 있었다. 어조에는 아직도 그날 밤의 심사가 조금도 실려 있지 않은 채였다.

"그래 저를 나무래서 냉큼 집 안으로 데리고 들어갔더니라. 그리고 더운 밥 지어 먹여서 그 집에서 하룻밤을 재워 가지고 동도 트기 전에 길을 되돌려 떠나보냈더니라……."

"그래 그때 어머님 마음이 어떠셨어요?"

"마음이 어떻기는야. 팔린 집이나마 거기서 하룻밤 저 아그를 재워 보내고 싶어, 싫은 골목 드나들며 마당도 쓸고 걸레질도 훔치며 기다려 온 에미였는디, 더운 밥 해 먹이고 하룻밤을 재우고 나니 그만만 해도 한 소원은 우선 풀린 것 같더구나."

"그래 어머님은 흡족한 기분으로 아들을 떠나보내셨다는 말씀이시겠군요. 하지만 정말로 그게 그러실 수가 있었을까요? 어머님은 정말로 그렇게 흡족한 마음으로 아들을 떠나보내실 수 있으셨을까 말씀이에요. 아들은 다시 학교로 돌아가는 길이었다 하더라도 어머님 자신은 그때 변변한 거처 하나 마련해 두시지 못하셨을 처지에 말씀이에요."

성화(成火) 몹시 귀찮게 구는 일.
동(東) 동서남북 네 방위의 하나로, 해가 떠오르는 쪽이다. 여기에서의 '동트다'는 '동쪽 하늘이 훤하게 밝아 오다'의 의미이다.
변변하다 제대로 갖추어져 충분하다.
거처(居處) 일정하게 자리를 잡고 사는 일. 또는 그 장소.

"나더러 또 무슨 이야길 더 하라는 것이냐."

"그때 아들을 떠나보내실 때 어머님 심경을 듣고 싶어요. 객지 공부 가는 어린 아들을 그런 식으로 떠나보내시면서 어머님 자신도 거처가 없이 떠도셔야 했던 그때 처지에서 어머님이 겪으신 심경을 말씀이에요."

"그만두거라. 다 쓸데없는 노릇이니라. 이야기를 한들 그때 마음이야 네가 어찌 다 알아들을 수가 있겠냐."

노인이 다시 이야기를 사양했다. 그러나 그 체념기가 완연한 노인의 어조에는 아직도 혼자 당신의 맘속으로만 지녀 온 어떤 이야기가 남아 있는 것 같았다.

나는 이제 더 이상 기다리고 있을 수가 없었다. 아내는 내 기미를 눈치채고 있었다 하더라도 노인만은 아직 그걸 알지 못하고 있었다. 노인의 말을 그쯤에서 그만 중단시켜야 했다. 아내가 어떻게 나온다 하더라도 내게까지 그것을 알게 하고 싶지는 않을 노인이었다. 내 앞에선 더 이상 노인의 이야기가 계속될 수가 없었다.

나는 이윽고 헛기침을 한 번 하고서 그 노인의 눈길이 닿고 있는 장지문 앞으로 모습을 불쑥 드러내고 나섰다.

객지(客地) 자기 집을 멀리 떠나 임시로 있는 곳.

완연하다(宛然--) 눈에 보이는 것처럼 아주 뚜렷하다.

4

위험한 고비[✤]는 그럭저럭 모두 지나가고 있었다.

저녁상을 들일 때 노인은 언제나처럼 막걸리 한 되를 가져오게 하였다. 형의 술버릇 때문에 집안 꼴이 그 지경이 되었는데도 노인은 웬일로 내게 술 걱정을 그리 하지 않았다. 집에만 가면 당신이 손수 막걸리 한 되씩을 미리 마련해다 주곤 하였다.

"한잔 마시고 잠이나 자거라."

그러면서 언제나 잠을 자기를 권하는 것이었다.[✤]

이날 저녁도 마찬가지였다.

"그래, 정 내일 아침으로 길을 나설라냐?"

저녁상이 들어왔을 때 노인은 그렇게 조심스런 목소리로 나의 내심을 한 번 더 떠 왔을 뿐이다.

"가야 할 일이 있으니까 가겠다는 거 아니겠어요."

나는 노인에게 공연히 짜증기 선 목소리로 퉁명스럽게 대꾸했다. 노인은 그것으로 그만이었다.

"그래 알았다. 저녁 하고 술이나 한잔 하고 일찍 쉬거라."

아침부터 먼 길을 나서려면 잠이라도 일찍 자 두라는 것이었

✤ 위험한 고비 어머니에 대한 심리적 거리가 허물어질 수도 있는 고비를 말한다. '나' 또한 아내와 마찬가지로, 어머니의 당시 심경을 듣게 되면 어머니에 대한 심리적 거리가 무너질 것임을 알고 있다.

✤ 언제나 잠을 자기를 권하는 것이었다 자식을 편하게 해 주고 싶은 어머니의 마음을 엿볼 수 있는 구절이다.

다. 나는 말없이 노인을 따랐다. 저녁 겸해서 술 한 되를 비우고, 그리고 술기를 못 견디는 사람처럼 일찌감치 잠자리를 펴고 누웠다. 이윽고 형수님이 조카들을 데리고 잠자리를 찾아 나가자 이날 밤도 우리는 세 사람 합숙이었다.

어쨌거나 이제 위태로운 고비는 그럭저럭 거의 다 넘겨 가고 있는 셈이었다. 눈을 붙였다 깨고 나면 그것으로 모든 건 끝난다. 지붕이고 옷궤고 더 이상 신경을 쓸 일이 없어진다. 노인에게 숨겨진 빚 문서가 있을까. 하지만 이날 밤만 무사히 넘기고 나면 노인의 빚 문서도 그것으로 영영 휴지가 되는 것이다.

'잠이나 자자. 빚이고 뭐고 잠들면 그만이다. 노인에게 빚은 내가 무슨 빚이 있단 말인가…….'

나는 제법 홀가분한 기분으로 눈을 감고 잠을 청했다. 술기탓인지 알알한 잠기운이 이내 눈꺼풀을 덮어 왔다.

그렇게 얼마쯤 아늑한 졸음기 속을 헤매고 난 때였을까. 나는 웬일인지 문득 다시 잠기가 서서히 엷어져 가고 있었다. 그리고 아직도 그 어렴풋한 선잠기 속에 도란도란 조심스런 노인의 말소리가 들려왔다.

"그날 밤사말로 갑자기 웬 눈이 그리도 많이 내렸던지, 잠을

술기(-氣) 술기운.
알알하다 술에 취하여 약간 정신이 아리송하다.
선잠기(--氣) 깊이 들지 못하거나 흡족하게 이루지 못한 잠의 기운.
밤사말로 밤이야말로.

잤으면 얼마나 잤겠느냐마는 그래도 잠시 눈을 붙였다가 새벽녘에 일어나 보니 바깥이 왼통 환한 눈 천지로구나……. 눈이 왔더라도 어쩔 수가 있더냐. 서둘러 밥 한술씩을 끓여다가 속을 덥히고 그 눈길을 서둘러 나섰더니라……."

나는 다시 정신이 번쩍 들고 말았다. 어찌 된 일인지 노인이 마침내 그날 밤 이야기를 아내에게 가닥가닥 털어놓고 있는 중이었다.

"처지가 떳떳했으면 날이라도 좀 밝은 다음에 길을 나설 수도 있으련만, 그땐 어찌도 그리 처지가 부끄럽고 저주스럽기만 했던지……. 그래 할 수 없이 새벽 눈길을 둘이서 나섰지만, 시오 리나 되는 장터 차부까지 산길이 멀기는 또 얼마나 멀더라냐."

기억을 차근차근 더듬어 나가고 있는 노인의 몽롱한 목소리는 마치 어린 손주 아이에게 옛이야기라도 들려주는 할머니의 그것처럼 아늑한 느낌마저 깃들고 있었다.

아내가 결국엔 노인을 거기까지 유도해 냈음이 분명했다.

'이야기를 한들 네가 어찌 다 알아들을 수가 있겄냐…….'

낮결에 노인이 말꼬리를 한 가닥 깔고 넘은 기미를 아내가

왼통 온통.

시오 리 15리. 약 6킬로미터.

차부(車部) 자동차의 시발점이나 종착점에 마련한 차의 집합소.

낮결에 노인이 말꼬리를 한 가닥 깔고 넘은 기미 낮 무렵에 노인(어머니)이 할 말을 다 하지 않고 얼버무리고 넘어갔지만, 노인에게 남이 이해하기 어려운 깊은 속내 이야기가 있다는 낌새.

무심히 들어 넘겼을 리 없었다.

그날 밤 — 아니 그날 새벽 — 아내에겐 한 번도 들려준 일이 없는 그날 새벽의 서글픈 동행을, 나 자신도 한사코 기억의 피안으로 사라져 가 주기를 바라 오던 그 새벽의 눈길의 기억을 노인은 이제 받아 낼 길이 없는 묵은 빚 문서를 들추듯 허무한 목소리로 되씹고 있었다.

"날은 아직 어둡고 산길은 험하고, 미끄러지고 넘어지면서도 차부까지는 그래도 어떻게 시간을 대어 갈 수가 있었구나……."

이야기를 듣고 있는 나의 머릿속에도 마침내 그날의 정경이 손에 닿을 듯 역력히 떠올랐다. 어린 자식 놈의 처지가 너무도 딱해서였을까. 아니 어쩌면 노인 자신의 처지까지도 그밖엔 달리 도리가 없었을 노릇이었는지도 모른다. 동구 밖까지만 바래다주겠다던 노인은 다시 마을 뒷산의 잿길까지 나를 좀 더 바래주마 우겼고, 그 잿길을 올라선 다음엔 새 신작로가 나설 때까

피안(彼岸) 강 저쪽 둔덕. 종교나 철학에서 '차안(此岸 : 강 이쪽 둔덕. 현세를 가리키는 말)'의 상대어로, '진리를 깨달음으로써 도달할 수 있는 이상적 경지, 또는 현실에 존재하지 않는 관념의 세계'라는 의미로 쓰인다. 여기에서의 '기억의 피안'은 '망각의 세계'를 의미한다.

⚜ 받아 낼 길이 없는 묵은 빚 문서를 들추듯 어머니의 심리가 아니라, 어머니의 이야기에 대한 '나'의 심리를 반영한 표현이다.

⚜ 시간을 대어 늦지 않게 시간을 맞추어.

정경(情景) 사람이 처하여 있는 모습이나 형편.

역력하다(歷歷--) 자취나 기미, 기억 따위가 환히 알 수 있게 또렷하다.

잿길 산의 고개에 난 길.

신작로(新作路) 새로 만든 길이라는 뜻으로, 자동차가 다닐 수 있는 큰길.

지만 산길을 함께 넘어가자 우겼다. 그럴 때마다 한 차례씩 애시린● 실랑이를 치르고 나면 노인과 나는 더 이상 할 말이 있을 수가 없었다. 아닌 게 아니라 날이라도 좀 밝은 다음이었으면 좋았겠는데, 날이 밝기를 기다려 동네를 나서는 건 노인이나 나나 생각을 않았다. 그나마 그 어둠을 타고 마을을 나서는 것이 노인이나 나나 마음이 편했다.⚜ 노인의 말마따나 미끄러지고 넘어지면서, 내가 미끄러지면 노인이 나를 부축해 일으키고, 노인이 넘어지면 내가 당신을 부축해 가면서, 그렇게 말없이 신작로까지 나섰다. 그러고도 아직 그 면소● 차부까지는 길이 한참이나 남아 있었다. 나는 결국 그 면소 차부까지도 노인과 함께 신작로를 걸었다.

아직도 날이 밝기 전이었다.

하지만 그러고 우리는 어찌 되었던가.

나는 차를 타고 떠나가 버렸고, 노인은 다시 그 어둠 속의 눈길을 되돌아선 것이다.

내가 알고 있는 건 거기까지뿐이었다.

노인이 그 후 어떻게 길을 되돌아갔는지는 나로서도 아직 들은 바가 없었다. 노인을 길가에 혼자 남겨 두고 차로 올라선 그

애시리다 슬프고 애달프다.

⚜ 날이 밝기를 기다려 ~ 노인이나 나나 마음이 편했다 이미 남의 집이 된 그곳에서 하룻밤을 보내고 나오는 모습을, 내막을 아는 이들에게 보이고 싶지 않다는 부끄러움이 나타나는 부분이다.

면소(面所) 면사무소. 여기에서는 '면사무소가 있는 중심지'의 의미로 쓰임.

순간부터 나는 차마 그 노인을 생각하기가 싫었고, 노인도 오늘까지 그날의 뒷얘기를 들려준 일이 없었다. 그런데 노인은 웬일로 오늘사 그날의 기억을 끝까지 돌이키고 있었다.

"어떻게 어떻게 장터거리로 들어서서 차부가 저만큼 보일 만한 데까지 가니까 그때 마침 차가 미리 불을 켜고 차부를 나오더구나. 급한 김에 내가 손을 휘저어 그 차를 세웠더니, 그래 그 운전수란 사람들은 어찌 그리 길이 급하고 매정하기만 한 사람들이더냐. 차를 미처 세우지도 덜하고 덜크렁덜크렁 눈 깜짝할 사이에 저 아그를 훌쩍 실어 담고 가 버리는구나."

"그래서 어머님은 그때 어떻게 하셨어요?"

잠잠히 입을 다문 채 듣고만 있던 아내가 모처럼 한마디 끼어들었다.

나는 갑자기 다시 노인의 이야기가 두려워졌다. 자리를 차고 일어나 다음 이야기를 가로막고 싶었다. 하지만 나는 이미 그럴 수가 없었다. 사지가 말을 들어 주지 않았다. 온몸이 마치 물 먹은 솜처럼 무겁게 가라앉고 있었다. 몸을 어떻게 움직여 볼 수가 없었다. 형언하기 어려운 어떤 달콤한 슬픔, 달콤한 피곤기 같은 것이 나를 아늑히 감싸 오고 있었다.

오늘사 오늘에야.

사지(四肢) 사람의 두 팔과 두 다리를 통틀어 이르는 말.

형언하다(形言--) (뒤에 오는 '어렵다, 없다, 못하다' 따위의 부정어와 함께 쓰여) 형용하여 말하다.

"어떻게 하기는야. 넋이 나간 사람마냥 어둠 속에 한참이나 찻길만 바라보고 서 있을 수밖에야……. 그 허망한 마음을 어떻게 다 말할 수가 있을 거나……."

노인은 여전히 옛이야기를 하듯 하는 그 차분하고 아득한 음성으로 그날의 기억을 더듬어 나갔다.

"한참 그러고 서 있다 보니 찬바람에 정신이 좀 되돌아오더구나. 정신이 들어 보니 갈 길이 새삼 허망스럽지 않았겄냐. 지금까진 그래도 저하고 나하고 둘이서 함께 헤쳐 온 길인데 이참에는 그 길을 늙은것 혼자서 되돌아서려니……. 거기다 아직도 날은 어둡지야……. 그대로는 암만해도 길을 되돌아설 수가 없어 차부를 찾아 들어갔더니라. 한 식경이나 차부 안 나무 걸상에 웅크리고 앉아 있으려니 그제사 동녘 하늘이 훤해져 오더구나……. 그래서 또 혼자 서두를 것도 없는 길을 서둘러 나섰는디, 그때 일만은 언제까지도 잊을 수가 없을 것 같구나."

"길을 혼자 돌아가시던 그때 일을 말씀이세요?"

"눈길을 혼자 돌아가다 보니 그 길엔 아직도 우리 둘 말고는 아무도 지나간 사람이 없지 않았겄냐. 눈발이 그친 그 신작로 눈 위에 저하고 나하고 둘이 걸어온 발자국만 나란히 이어

허망스럽다(虛妄---) 어이없고 허무한 데가 있다.
늙은것 늙은 사람이 자신을 낮추어 이르는 말.
식경(食頃) 밥을 먹을 동안이라는 뜻으로, 잠깐 동안을 이르는 말.

져 있구나."

"그래서 어머님은 그 발자국 때문에 아들 생각이 더 간절하셨겠네요."

"간절하다뿐이었겄냐. 신작로를 지나고 산길을 들어서도 굽이굽이 돌아온 그 몹쓸 발자국들에 아직도 도란도란 저 아그의 목소리나 따뜻한 온기가 남아 있는 듯만 싶었제. 산비둘기만 푸르륵 날아올라도 저 아그 넋이 새가 되어 다시 되돌아오는 듯 놀라지고, 나무들이 눈을 쓰고 서 있는 것만 보아도 뒤에서 금세 저 아그 모습이 뛰어나올 것만 싶었지야. 하다 보니 나는 굽이굽이 외지기만• 한 그 산길을 저 아그 발자국만 따라 밟고 왔더니라. 내 자식아, 내 자식아, 너하고 둘이 온 길을 이제는 이 몹쓸 늙은것 혼자서 너를 보내고 돌아가고 있구나!"

"어머님, 그때 우시지 않았어요?"

"울기만 했겄냐. 오목오목• 디뎌 논 그 아그 발자국마다 한도 없는 눈물을 뿌리며 돌아왔제. 내 자식아, 내 자식아, 부디 몸이나 성히 지내거라. 부디부디 너라도 좋은 운 타서 복 받고 살거라……. 눈앞이 가리도록 눈물을 떨구면서 눈물로 저 아그 앞길을 빌고 왔제……."

외지다 외따로 떨어져 있어 으슥하고 후미지다.
오목오목 군데군데 동그스름하게 푹 패거나 들어가 있는 모양.

노인의 이야기는 이제 거의 끝이 나 가고 있는 것 같았다. 아내는 이제 할 말을 잊은 듯 입을 조용히 다물고 있었다.

"그런디 그 서두를 것도 없는 길이라 그렁저렁 시름없이 걸어온 발걸음이 그래도 어느 참에 동네 뒷산까지 당도해 있었구나. 하지만 나는 그길로● 는 차마 동네를 바로 들어설 수가 없어 잿등● 위에 눈을 쓸고 아직도 한참이나 시간을 기다리고 앉아 있었더니라……."

"어머님도 이젠 돌아가실 거처가 없으셨던 거지요."

한동안 조용히 입을 다물고 있던 아내가 이제 더 이상 참을 수가 없어진 듯 갑자기 노인을 채근하고● 나섰다. 그 목소리가 울먹임 때문에 떨리고 있었다.

나 역시 더 이상 노인을 참을 수가 없었다. 이제나마 노인을 가로막고 싶었다. 아내의 추궁에 대한 그 노인의 대꾸가 너무도 두려웠다. 노인의 대답을 들을 수가 없었다. 하지만 그 역시도 불가능한 일이었다.

나는 아직도 눈을 뜰 수가 없었다. 불빛 아래 눈을 뜨고 일어날 수가 없었다.⚜ 사지가 마비된 듯 가라앉아 있는 때문만이 아

그길로 어떤 장소에 도착한 그 걸음으로. 곧바로.

잿등 산의 고개 위.

채근하다(採根--) 어떻게 행동하기를 따지어 독촉하다. 여기에서는 '어떤 일에 대하여 진실을 집요하게 캐묻다' 의 의미로 쓰임.

⚜ 불빛 아래 눈을 뜨고 일어날 수가 없었다 어머니의 사랑을 새삼 깨달은 '나' 가 그동안 어머니에게 냉정하게 대한 것에 대한 부끄러움이 나타난 부분이다.

니었다. 졸음기가 아직 아쉬워서도 아니었다. 눈꺼풀 밑으로 뜨겁게 차오르는 것을 아내와 노인 앞에 보일 수가 없었다. 그것이 너무도 부끄러웠기 때문이었다. 아내는 이번에도 그러는 나를 알고 있었던 것 같았다.

"여보, 이젠 좀 일어나 보세요. 일어나서 당신도 말을 좀 해 보세요."

그녀가 느닷없이 나를 세차게 흔들어 깨웠다. 그녀의 음성은 이제 거의 울부짖음에 가까웠다. 그래도 나는 일어날 수가 없었다. 뜨거운 것을 숨기기 위해 눈꺼풀을 꾹꾹 눌러 참으며 내처 잠이 든 척 버틸 수밖에 없었다.

음성이 아직 흐트러지지 않고 있는 건 오히려 노인뿐이었다.

"가만두거라. 아침 길 나서기도 피곤할 것인디 곤하게 자고 있는 사람 뭣 하러 그러냐."

노인은 일단 아내의 행동을 말려 두고 나서 아직도 그 옛이야기를 하는 듯한 아득하고 차분한 음성으로 당신의 남은 이야기를 끝맺어 가고 있었다.

"그런디 이것만은 네가 잘못 안 것 같구나. 그때 내가 뒷산 잿등에서 동네를 바로 들어가지 못하고 있었던 일 말이다. 그건 내가 갈 데가 없어 그랬던 건 아니란다. 산 사람 목숨인

내처 줄곧 한결같이.
곤하다(困--) 몹시 고단하여 잠든 상태가 깊다.

데 설마 그때라고 누구네 문간방 한 칸이라도 산 몸뚱이 깃들일 데 마련이 안 됐겄냐. 갈 데가 없어서가 아니라 아침 햇살이 활짝 퍼져 들어 있는디, 눈에 덮인 그 우리 집 지붕까지도 햇살 때문에 볼 수가 없더구나. 더구나 동네에선 아침 짓는 연기가 한참인디 그렇게 시린 눈을 해 갖고는 그 햇살이 부끄러워 차마 어떻게 동네 골목을 들어설 수가 있더냐. 그놈의 말간 햇살이 부끄러워서 그럴 엄두가 안 생겨나더구나. 시린 눈이라도 좀 가라앉히자고, 그래 그러고 앉아 있었더니라……."

■ 「문예중앙」(1977. 12) ; 『이청준 문학전집 – 눈길』(열림원, 2000)

깃들이다 사람이나 건물 따위가 어디에 살거나 그곳에 자리 잡다.

시린 눈을 해 갖고는 ~ 그래 그러고 앉아 있었더니라 노모는 옛집 지붕과 온 마을을 비추는 햇살을 보면서, 그 햇살처럼 따스하게 자식을 품어 줄 수 없는 자신의 처지에 대해 한없는 자책감과 슬픔을 느끼고 있었다.

등장인물 들여다보기

나

몰락한 집안에서 자수성가한 인물로, 어린 시절의 상처 때문에 어머니를 향해 마음을 닫고 있지만 결국 어머니의 깊은 사랑을 깨닫게 됩니다.

'나'는 고등학교 1학년 때에 형이 가산을 탕진하고 세상을 떠나는 바람에 집안이 몰락했고, 그로 인해 혼자 힘으로 힘들게 고등학교와 대학교를 마쳐야 했습니다. 부모로부터 아무 도움도 받지 못했다는 피해 의식 때문에 자신 또한 늙은 어머니에게 아무것도 해 줄 의무가 없다고 생각합니다.

사실 '나'는 마음 한편으로 어려운 형편의 어머니에게 무언가 해 주어야 한다는 의무감을 느끼면서도, 자신에게는 아무런 빚도 없다고 끊임없이 다짐하는 것입니다. 자식 뒷바라지를 못해 준 어머니나 자식 노릇을 안 하는 자신이나 마찬가지라는 논리이지요. 그래서 자신의 어머니를 '노인'이라고 부르는 것이고요.

늙은 어머니의 궁핍한 삶을 보면서 느끼는 불편한 마음 때문에 고향 집에 들러서도 마음 편히 지내지 못하던 '나'는, 아내에게 들려주는 어머니의 이야기(어린 아들을 보내고 혼자 눈길을 걸어 동네로 돌아올 때의 어머니의 심정)를 듣고 비로소 어머니의 애끓는 사랑을 깨닫게 됩니다.

노인

자식에게 어떠한 도움도 주지 못했다는 미안함과 그 자식이 잘 되기만을 바라는 애타는 사랑을 가슴 깊이 품고 사는 어머니입니다.

예전에는 번듯한 집에서 남부럽지 않게 살았지만, 주벽이 심했던 큰아들이 가산을 탕진하고 세상을 떠나는 바람에 노인은 큰며느리와 세 손주들을 데리고 방 하나짜리 초가집에서 살고 있습니다. 특히, 둘째 아들인 '나'에게 아무런 뒷바라지도 해 주지 못했다는 자책감과 한스러움 때문에, 궁핍한 형편이면서도 아들에게 아무런 도움도 받지 않고 살아옵니다. 자신이 편안하게 지내기 위해서가 아니라 자신이 죽은 이후에 아들과 이웃이 겪을 불편함을 걱정해서 집을 고치고 싶은 소망을 갖고 있지만, 이마저도 아들에게 부담이 될까 봐 차마 속내를 드러내지 못하고 있습니다.

아내

시어머니와 남편이 관계를 회복할 수 있도록 중간에서 다리의 역할을 하고 있는 인물입니다.

그녀는 남편인 '나'를 통해, '나'가 겪었던 가문의 몰락과 그로 인한 상처를 익히 들어 알고 있지만, 시어머니를 외면하는 '나'의 태도는 이해하지 못합니다. 그리고 그런 '나'의 태도를 당연한 듯 받아들이는 시어머니에게도 안타까움을 느끼고 있지요. 아내는 남편의 닫힌 마음을 열기 위해서, 이미 알고 있는 옛날의 일들을 시어머니에게 계속해서 캐묻습니다. 그리고 시어머니의 이야기를 통해 '나'가 그 아득하고 깊은 어머니의 사랑을 느낄 수 있도록 합니다.

• 작품 Q&A

"선생님, 궁금해요!"

Q 이 작품의 배경에 대해 설명해 주세요.

A 이 작품은 1977년에 발표되었습니다. 작품의 공간적 배경은 시골에 있는 낡고 조그만 초가집이고, 시대적 배경은 작품 발표 당시, 즉 1977년으로 볼 수 있습니다. 통일벼의 보급으로 인한 변화나 지붕 개량 사업의 내막 등 당시의 시대 상황이 작품 속에 나타나기는 하지만, 이 작품에서 시대적 배경은 그리 중요하지 않습니다. 이 작품을 감상할 때에 그보다 더 중요하게 고려할 점은, 이 작품이 작가 자신의 체험을 바탕으로 하여 쓴 자전 소설이라는 점입니다.

형의 주벽으로 인한 가계 파산, 어린 시절의 고학, 늙으신 홀어머니가 형수와 세 조카를 데리고 살아가는 상황, 옷궤 하나만 덜렁 놓인 단칸방, 그 옷궤에 얽힌 이야기와 눈 쌓인 새벽길을 걸어가던 이야기 등 작품 속의 상황과 사건들은 모두 작가의 과거와 현실을 있는 그대로 반영한 것이라 합니다. 또한 작가에 따르면, 작품 속 대화의 내용과 전개 또한 실제 있었던 상황을 거의 그대로 옮긴 것이라 합니다. 물론 '빚이 없다'고 하면서 어머니를 외면하는 '나'의 태도나 어머니를 '노인'이라 부르는 불손함 같은 것은 작품을 만들어 내기 위한 장치이겠지만 말입니다.

'어머니의 사랑과 가족 간의 화해'라는 주제가 지극히 평범할 수도 있지만, 작가는 자신의 아픈 체험을 고스란히 작품에 녹여, 이 평범한 주제를 너무도 생생하고 절절하게 표현해 내었습니다.

Q '나'의 아내는 어머니와 대화하면서 '옷궤'를 화제로 삼으려고 거듭 애씁니다. 그 이유는 무엇인가요?

A 아내는 어머니에게서 옛날 '나'의 어린 시절 이야기를 끌어내려고 애씁니다. 특히 옷궤의 내력에 대한 이야기를요. 예전 살던 넓은 집 이야기를 물은 것도 그래서였고, 옷장 때문에 방이 더 비좁으니 옷장을 내놓으면 안 되겠느냐고 한 것도 그 때문이었지요.

그러나 이는 모르는 사실을 알기 위한 노력이 아닙니다. 그녀는 '나'에게서 이미 집안이 망한 내력과 옷궤의 내력을 들어서 알고 있습니다. 그녀는 자신이 듣기 위해서가 아니라, 숨어서 몰래 듣고 있는 남편에게 들려주고 싶었던 것이지요. 남편도 이미 알고 있지만, 이제는 애써 잊어버린 척하고 있는 그 이야기를 말입니다.

그 옷궤는 20년 전쯤의 옛날에, 남의 손에 넘어간 집으로 언제고 한 번은 돌아올 어린 아들을 위해 어머니가 마지막으로 남겨 두었던 물건입니다. 이제는 돌아올 집 없이 객지를 떠돌게 된 아들이 옛집에서 하룻밤이나마 마음 편히 잘 수 있게 하고 싶었던 어머니의 간절한 사랑이 담긴 물건이지요. '나' 또한 어머니의 그런 마음을 잘 알고 있기에, 그 옷궤를 볼 때마다 마음이 불편해졌던 것이고요.

아내가 남편에게 해 주고 싶었던 말은 바로 그것이었을 테지요. 당신도 어머니의 마음을 알고 있지 않느냐고. 애써 잊어버린 척하며 살고 있는 그 시절의 이야기를 통해 어머니의 그 마음을 상기시킴으로써, 아내는 남편의 닫힌 마음을 다시 열고 싶었던 것입니다.

Q '나'는 자신이 어머니에게 갚아야 할 빚이 없다고 스스로에게 다짐합니다. 그는 왜 이런 다짐을 거듭하고 있는 것일까요? 그가 염치없는 불효자이기 때문인가요?

A '나'는 분명 자식 노릇을 하지 못하고 있는 아들입니다. 궁핍한 어머니에게 아무런 보탬도 주지 않고 있으니 말입니다. 그런데 그는 언제부터 그렇게 지낸 것인가요? 고등학교를 다니고, 대학교를 다니고, 군대를 다녀오고, 사회생활을 하면서 그는 한 번도 '자식 놈의 도리'를 한 적이 없습니다. 스스로 말했듯이 말이지요. 그러나 이는 어머니가 자신에게 해 준 것이 없기 때문이 아니라, 자신이 그럴 처지가 못 되었기 때문입니다. 이 또한 스스로 말했듯이 말입니다.

그런데 마음이 없어서가 아니라 형편 때문에 어쩔 수 없이 그렇게 된 것이라면, 그는 왜 자신에게는 갚아야 할 빚이 없다고 거듭 다짐하는 것일까요? 왜 어머니와 자신은 서로 주고받을 것이 없는 처지라고 끊임없이 되새기는 것일까요? 그것은 궁핍한 처지의 늙은 어머니를 바라보는 것이, 그 형편을 보면서도 아무런 도움도 줄 수 없는 자신의 처지가 마음 아프기 때문일 것입니다. 아무것도 해 주지 못하는 안타까움과 죄스러움을 지우기 위해, 자신에게는 아무것도 해 줄 의무가 없다고 스스로를 세뇌하는 것이지요. 못하는 것이 아니라 안 하는 것이라면 안타까울 것은 없을 테니까요.

그가 과거의 추억이 서린 옷궤에 눈을 돌리지 않으려 하는 것도, 어머니를 '노인'이라 칭하며 거리를 두려고 하는 것도, 의치를 하면 어떻겠느냐는 자신의 제안을 '말 선심'일 뿐이라 하는 것도 모두 이런 노력의 한 부분일 것입니다. 그의 태도는 위악(僞惡 : 거짓으로 악한 체함)으로 가득 차 있는 것이지요. 어머니에 대한 갚을 길 없는 빚, 그 빚에 대한 죄책감을 지워 없애기 위한 위악 말입니다.

사실 그가 애써 외면하려는 그 빚은 물질적인 게 아닙니다. 그 옛날 새벽 눈길에서 보여 준 어머니의 진실하고 숭고한 사랑, 외면하고 싶지만 마음속 깊은 곳에서는 그 역시 느끼고 있는 바로 그 사랑이 그에게는 빚인 것이지요.

Q '나'는 그 옛날 자신이 차를 타고 떠난 후에 어머니가 어떻게 되돌아갔는지 모르고 있었습니다. 잠들어 있던 '나'는 마침내 어머니가 그 이야기를 하려고 하자, 말을 가로막고 싶어 하지요. 그가 그 이야기를 듣지 않으려 하는 이유는 무엇인가요?

A 옛집에서 마지막 하룻밤을 보낸 후에 '나'는 차를 타고 객지로 떠났습니다. 어머니는 객지로 떠나는 어린 아들과 함께 6킬로미터나 되는, 눈 쌓인 새벽 산길을 걸어 차부까지 갔지요. 미끄러지고 넘어지고 하면서, 서로 부축하고 일으키고 하면서.

그렇게 해서 차를 타고 떠나면서, 아들은 혼자 남은 어머니가 그 어두운 눈길을 어떻게 혼자서 돌아갔을까 걱정스러웠을 것입니다. 어린 마음에도, 한사코 차 타는 곳까지 바래다주겠다던 어머니의 안타까운 모정을 모를 리 없었을 테고요. 이제부터는 혼자 힘으로 살아야 한다는 막막함과 두려움보다 어쩌면 어머니에 대한 안타까움이 더 컸을 것입니다.

어린 나이에 그렇게 혼자 힘으로 객지 생활을 해야 했던 아들은, 이제 어머니의 어려운 형편을 못 본 체하고 있습니다. 자신 또한 어머니에게 보탬이 될 수 있는 형편이 아니기에, 처음에는 어쩔 수 없는 일이라 생각하다가, 아예 자신에게는 아무런 빚도 없다고 생각하기로 한 것이지요. 그렇게 해서 아들은 어머니에게 마음을 닫은 채 살아갑니다. 떠나던 날의 기억을, 어머니의 아픈 사랑을 애써 잊어버리고 살아온 것이지요.

그러나 그는 실제로 그 기억을 잊은 것은 아닙니다. 그것이야말로 그의 마음에 진정한 '빚'으로 남아 있었기 때문에 그때의 일만은 끝내 떠올리지도, 듣지도 않으려 했던 것입니다.

Q '나' 역시 어쩔 도리가 없는 형편이어서 어머니에게 냉정한 태도를 취한 거라고 설명하셨잖아요. 그런 그가 어머니에게 무엇을, 어떻게 할 수 있다는 말인가요?

A 아들은 어머니에게 아무것도 받은 게 없으니 무언가를 해 드릴 의무 또한 없다고 스스로에게 다짐하며 살아왔습니다. 그러나 그는 정말로 어머니에게서 받은 것이 없었던 것이 아니고, 실제로 그렇게 생각했던 것도 아니었습니다.

물질적인 면에서 어머니가 아무것도 해 주지 못한 것은 맞지만, 아들에 대한 그녀의 사랑은 그 누구 못지않았습니다. 풍족하게 줄 수 있었던 어떤 어머니의 사랑보다 아무것도 줄 수 없었던 이 어머니의 사랑이 더 사무치게 깊었으리라 말할 수도 있겠지요. 그렇게 어머니는 주지 못하는 사랑을 마음 깊이 품고 살아왔습니다.

아들이 이 어머니에게 자식 노릇을 하지 않은 것은 분명한 사실입니다. 그러나 경제적으로 도움을 주지 않아서가 아니라, 그 안타까운 사랑을 향해 마음을 닫고 있었다는 점 때문에 이렇게 말할 수 있는 것이지요. 자신이 어머니에게 물질적으로 아무것도 해 줄 수 없었다 하더라도, 그는 어머니를 위로하고 따뜻한 마음으로 대할 수는 있었습니다. 그런 마음을 품은 채 아무것도 해 드리지 못하며 사는 것이 그에게 아무리 마음 아픈 일이라 하더라도 말입니다.

그러나 그는 끝내 어머니를 혼자 내버려 두고 지내 왔지요. 둘이서 함께 걸었던 새벽 눈 덮인 산길에서처럼 서로 부축하고 위로하면서 걸어올 수도 있었던 길을 말입니다. 이 작품이 말하고자 하는 바가 바로 여기 있을지도 모릅니다. 주지 못하는 사랑이 아무리 마음 아프더라도, 그 안타까움과 한스러움이 서로의 인생을 부축하고 지탱해 주는 힘이 될 수 있다는 것 말입니다.

⚜ 더 읽어 봅시다 ⚜

어머니의 삶과 가족의 이야기를 담은 자전 소설

박완서, 〈엄마의 말뚝〉 _일제 강점기와 분단, 한국 전쟁이라는 근대사의 상처를 배경으로 어머니의 삶을 다룬 작품이다. 세 편으로 된 연작 소설로서, 오빠를 자기 삶의 중심에 놓았던 어머니와 딸인 '나' 사이의 갈등과 이해를 그리고 있다.

서편제
— 남도 사람 1

주막집 여자는 초저녁부터 소리를 하고, 주막에 묵어가게 된 사내는 여자가 소리를 하는 내내 북을 잡고 장단을 맞춥니다. 실상 두 사람에게는 듣고 싶은 이야기와 들려줄 이야기가 있습니다. 사내가 듣고 싶어 하는 이야기와 여자가 들려줄 이야기, 그리고 그 속에 담긴 한이 무엇인지 이야기를 따라가며 살펴봅시다.

여자는 초저녁부터 목이 아픈 줄도 모르고 줄창 소리를 뽑아 대고, 사내는 그 여인의 소리로 하여 끊임없이 어떤 예감 같은 것을 견디고 있는 듯한 표정으로 북장단을 잡고 있었다. 소리를 쉬지 않는 여자나, 묵묵히 장단 가락만 잡고 있는 사내나 양쪽 다 이마에 힘든 땀방울이 솟고 있었다.

전라도 보성읍 밖의 한 한적한 길목 주막. 왼쪽으로는 멀리 읍내 마을들을 내려다보면서 오른쪽으로는 해묵은 묘지들이 길가까지 바싹바싹 다가앉은 가파른 공동묘지 — 그 공동묘지 사이를 뚫어 나가고 있는 한적한 고갯길목을 인근 사람들은 흔히 소릿재라 말하였다. 그리고 그 소릿재 공동묘지 길의 초입

줄창 줄곧. 끊임없이 잇따라.

소리 판소리나 잡가 따위를 통틀어 이르는 말.

✤ 북장단을 잡고 북채를 쥐고 소리 가락에 장단을 맞추어 북을 치고.

해묵다 어떤 물건이 해를 넘겨 오랫동안 남아 있다.

소릿재 소리의 고개. '재'는 길이 나 있어서 넘어 다닐 수 있는, 높은 산의 고개를 뜻한다.

께 에 조개껍질을 엎어 놓은 듯 뿌연 먼지를 뒤집어쓰고 들앉아 있는 한 작은 초가 주막을 사람들은 또 너나없이 소릿재 주막이라 말하였다. 곡성과 상엿소리가 자주 지나는 묘지 길이니 소릿재라 부를 만했고, 소릿재 초입을 지키고 있으니 소릿재 주막이라 이를 만했다. 내력을 모르는 사람들은 아마 그쯤 짐작을 하고 지나칠 수도 있었으리라. 하지만 이 소릿재와 소릿재 주막에는 또 다른 내력이 있었다. 귀 밝은 읍내 사람들은 대개 다 그것을 알고 있었다. 보성 고을 사람이 아니더라도 어쩌다 이 소릿재 주막에 발길이 닿아 하룻밤쯤 술손 노릇을 하고 나면 그것을 쉬 알 수 있었다.

주막집 여자의 소리 때문이었다.

남자도 없이 혼자 몸으로 주막을 지키고 살아가는 여자의 남도 소리 솜씨가 누가 들어도 예사롭지 않았기 때문이었다.

이날 저녁의 손님 역시 그것을 이미 깨닫고 있는 것 같았다.

초입께(初入 -) 들어가는 어귀 부근. '초입'은 골목이나 문 따위에 들어가는 어귀를 말하며, '-께'는 '어떤 장소나 시간에서 가까운 범위'라는 뜻을 더하는 접미사이다.

들앉다 들어앉다. 일정한 곳에 자리 잡다.

곡성(哭聲) 곡소리. 제사나 장례를 지낼 때에 일정한 방식으로 우는 소리.

상엿소리(喪輿 - -) 상여를 옮길 때에 부르는 노래.

상여(喪輿) 사람의 시체를 실어서 묘지까지 나르는 데 쓰는, 가마처럼 생긴 도구.

내력(來歷) 일정한 과정을 거치면서 이루어진 까닭.

⚜ 귀 밝은 문맥상 '소문 등을 잘 들어서 아는'의 의미임.

술손 술을 마시려고 오는 사람.

쉬 쉽게.

남도 소리 남도 지방의 잡가를 뜻하는 말이지만, 여기에서는 판소리를 포함하는 뜻으로 쓰이고 있다. '남도(南道)'는 경기도 이남의 충청도와 전라도, 경상도, 제주도를 통틀어 이르는 말.

예사롭다 흔히 있을 만하다.

아니 그는 애초부터 그저 우연히 발길 닿는 대로 이 주막을 찾아든 사람이 아니었다. 그는 실상 읍내의 한 여인숙 주인으로부터 소릿재 이야기를 처음 들었을 때부터 이미 분명한 예감을 가지고 있었다. 그리고 뒷얘기를 더 들을 것도 없이 그 길로 자신의 예감을 좇아 나선 것이었다.

주막집에는 과연 심상치 않은 여인의 소리가 있었다. 초저녁께부터 시작해서 밤이 깊도록 지칠 줄을 모르는 소리였다. 소릿재의 내력에는 그 서른이 채 될까 말까 한 여인의 도도하고도 구성진 남도 소리가 뒤에 숨어 있었다.

하지만 사내는 여인의 소리를 들으면서도 주막을 찾아올 때의 그 부푼 예감이 아직도 흡족하게 채워지지 못하고 있는 표정이었다. 소리를 들으면 들을수록 그것은 오히려 더욱 어떤 견딜 수 없는 어떤 예감 속으로 깊이 사내를 휘몰아 들어가고 있는 것 같았다. 방 안에 술상이 마련되어 있었지만 그는 거의 술 쪽에는 관심도 두지 않고 소리에만 넋이 팔려 있었다. 여자가 〈춘향가〉 몇 대목을 뽑고 나자 사내는 아예 술상을 한쪽으로 밀어놓고 제 편에서 먼저 북장단을 자청하고 나섰던 것이다.

“좋으네, 참으로 좋으네……. 자, 이 술로 목이나 좀 축이고

심상하다(尋常--) 대수롭지 않고 예사롭다.
도도하다(滔滔--) 말하는 모양 등이 거침없고 기운차다.
구성지다 천연스럽고 구수하며 멋지다.
흡족하다(洽足--) 조금도 모자람이 없을 정도로 넉넉하여 만족하다.
자청하다(自請--) 어떤 일에 나서기를 스스로 청하다.

나서…….”

여자가 소리를 한 대목씩 끝내고 날 때서야 그는 겨우 생각이 미치는 듯 목축임을 한 잔씩 나누고는 이내 또 다음 소리를 재촉해 대곤 하는 것이었다.

한데 여자가 이윽고 다시 〈수궁가〉 한 대목을 구성지게 뽑아 제끼고 났을 때였다. 사내는 마침내 참을 수가 없어진 듯 그녀에게 다시 목축임 잔을 건네면서 물었다.

“한데…… 한데 말이네. 자넨 대체 언제부터 이런 곳에다 자네 소리를 묻고 살아오던가?”

“……?”

여자는 사내의 그 조심스런 물음의 뜻을 얼른 알아차릴 수가 없었던지 한동안 말이 없이 사내 쪽을 가만히 건너다보고 있었다.

“이 고갯길을 소릿재라 이름하고, 자네 주막을 두고는 소릿재 주막이라 하던 것을 듣고 왔네. 그래 이 고을 사람들이 그런 이름을 지어 부르는 건 자네 소리에 내력을 두고 한 말이 아니던가?”

“…….”

사내가 한 번 더 물음을 되풀이했으나 여자는 이번에도 역시

목축임 목마름을 면하기 위하여 물이나 술을 조금 마심.

⚜ 자넨 대체 언제부터 ~ 묻고 살아오던가? 이 주막에서 소리를 하며 지낸 것이 언제부터인가?

대꾸가 없었다. 하지만 이제 그 여자의 침묵은 사내의 말뜻을 알아들을 수가 없어서만은 아닌 것 같았다. 여자는 다시 한동안이나 사내 쪽을 이윽히 건너다보고 있었다. 그리고는 뭔가 사내의 흉중을 헤아려 내고 싶어진 듯 천천히 고개를 저어 댔다.

"그렇다면…… 그렇다면 이 소릿재 주막의 사연은 자네가 첫 번 임자가 아니더란 말인가? 자네 먼저 여기에 소리를 하던 사람이 있었더란 말인가?"

자기 예감에 몰리듯 사내가 거푸 다급한 목소리로 물었다.

"자네 소리에도 그러니까 앞서 이를 내력이 따로 있었더란 말이 아닌가?"

여자가 비로소 고개를 바로 끄덕였다. 그러고는 뭔지 괴로운 상념을 짓씹고 있는 듯 얼굴빛이 서서히 흐려지며 띄엄띄엄 입을 열기 시작했다.

"그렇답니다. 이 고개나 주막 이름은 제 소리 따위에 연유가 있는 것이 아니랍니다. 진짜 소리를 하시던 분이 계셨지요."

"그 사람이 누군가? 자네 먼저 소리를 하던 분이 어떤 사람이었던가 말이네."

"무덤의 주인이었지요."

이윽하다 '이슥하다'의 사투리. 지난 시간이 얼마간 오래다.
흉중(胸中) 가슴속. 마음속에 품고 있는 생각.
상념(想念) 마음속에 품고 있는 여러 가지 생각.
짓씹다 몹시 언짢은 감정을 참고 견디다.
연유(緣由) 일이 그리된 까닭.

"무덤이라니?"

"요 언덕 위에 묻혀 있는 소리의 무덤 말씀이오. 소릿재를 알고 소릿재 주막을 알고 계신 양반이 소리 무덤 얘기는 아직 모르고 계시던 모양이구만요. 뒤쪽 언덕 위에 그분의 무덤이 있답니다. 소리만 하다 돌아가셨길래 소리를 함께 묻어 드린 그분의 무덤이 말씀이오. 소릿재나 소릿재 주막은 그분의 무덤을 두고 생긴 말이랍니다……."

다그쳐 대는 사내의 추궁을 피할 수가 없어진 듯 아득한 탄식기 같은 것이 서린 목소리로 털어놓은 여인의 이야기는 대략 이런 것이었다.

6·25 전화로 뒤숭숭해진 마을 인심이 조금씩 가라앉아 가고 있던 1956, 7년 무렵의 어느 해 가을 — 여인이 아직 잔심부름꾼 노릇으로 끼니를 벌고 있던 읍내 마을의 한 대갓집 사랑채에 이상한 식객 두 사람이 들게 되었다. 환갑 진갑 다 지낸 그 댁 어른이 우연히 마을 나들이를 나갔다 데리고 들어온 소리꾼 부녀였다. 나이 이미 쉰 고개를 넘은 늙은 아비와 열다섯 살이 채 될까말까 한 어린 딸아이 두 부녀가 똑같이 주인어른을 반하게

추궁(追窮) 잘못한 일에 대하여 엄하게 따져서 밝힘. 여기에서는 '어떤 일에 대하여 진실을 집요하게 캐물음'의 의미로 쓰임.

전화(戰禍) 전쟁으로 말미암은 재난과 피해.

사랑채(舍廊-) 집의 안채와 떨어져 있는, 바깥주인이 거처하며 손님을 접대하는 곳으로 사용하는 집채.

식객(食客) 예전에, 세력 있는 집에 머물면서 밥을 얻어먹고 지내던 사람.

소리꾼 판소리나 잡가 따위를 아주 잘하는 사람. 혹은 그것을 직업으로 하는 사람.

할 만큼 용한 소리꾼이었다.

주인어른은 두 부녀를 아예 사랑채 식객으로 들어앉혀 놓고 그 가을 한철 동안 톡톡히 두 사람의 소리를 즐기고 지냈다.

아비나 딸아이나 진배없이 소리들을 잘했지만, 소리를 하는 것은 대개 딸아이 쪽이었고 아비는 북장단을 잡는 쪽이었다. 주인어른은 실상 아비 쪽의 소리를 더 즐기는 눈치였지만, 그 아비는 이미 늙고 병이 들어 기력이 쇠해져 있는 데다, 나어린 계집아이의 도도하고도 창연스런 목청에는 주인어른도 못내 경탄해 마지않는 바가 있었기 때문이다. 부녀는 그 가을 한철을 하염없이 소리만 하고 지냈다. 그러다 어느새 겨울이 닥쳐오고, 겨울철 찬바람에 병세가 더치기 시작했던지, 가을철부터 심심찮게 늘어 가던 그 아비 쪽의 기침 소리가 갑자기 참을 수 없는 발작기로 변해 갔다.

그러자 아비는 웬일인지 한사코 그만 어른의 집을 나가겠노라 이상스런 고집을 부리기 시작했고, 고집을 말리다 못한 주인어른이 마침내는 노인의 뜻을 알아차린 듯 찬바람 휘몰아치는 겨울 거리 밖으로 두 부녀를 내보내고 말았다.

진배없다 그보다 못하거나 다를 것이 없다.
나어리다 나이가 어리다.
창연스럽다(敞然---) 창연하다. 드높아 시원스럽다.
더치다 낫거나 나아가던 병세가 다시 더하여지다.
발작기(發作氣) 어떤 병의 증세나 격한 감정, 부정적인 움직임 따위가 갑자기 세차게 일어나는 기운.

이윽고 들려온 소문이, 그날 한나절 방황 끝에 두 부녀가 찾아든 곳이 그 공동묘지 길 아래 버려진 헛간 같은 빈집이었다는 것이다. 그리고 병이 들어 거동이 어려워진 늙은 아비는 식음을 전폐한 채 밤만 되면 소리를 일삼고 있다는 것이었다. 소문을 전해 들은 주인어른이 그때의 그 심부름꾼 계집이던 여인에게 다시 양식거리를 그곳까지 이어 보내곤 했다. 그녀가 심부름을 나가 보면 모든 게 소문대로였다. 고개 아랫마을 사람들은 밤만 되면 그 아비의 소리를 듣는다는 것이었다. 고갯길 주변에 공동묘지가 생긴 이래로 어느 때보다도 깊은 통한과 허망스러움이 깃든 소리라 했다. 소리를 들은 사람들은 아무도 그것을 귀찮아하거나 짜증스러워하는 이가 없었다. 사람들은 오히려 그 부녀를 두고 까닭 없는 한숨 소리들을 삼키며 자신들의 세상살이까지 덧없어할 뿐이었다.

그럭저럭 그해 겨울도 다해 가던 음력 세모께의 어느 날 밤이었다. 그날은 마침 가는 해를 파묻어 보내듯 온 고을 가득하게 밤눈이 내리고 있었는데, 그날 밤 새벽녘에 아비는 드디어

거동(擧動) 몸을 움직임.

⚜ 식음을 전폐한 채 '식음(食飮)'은 '먹고 마심. 또는 그런 일'을, '전폐(全廢)'는 '아주 그만둠. 또는 모두 없어지다'를 뜻한다. 따라서 이 구절은 '먹고 마시는 일을 아주 그만둔 채'라는 의미이다.

양식거리(糧食--) 먹을거리 또는 그 재료.

이다 물건을 머리 위에 얹다.

통한(痛恨) 몹시 원통하고 한스러운 데가 있음.

허망스럽다(虛妄---) 허망하다. 어이없거나 허무한 데가 있다.

세모(歲暮) 한 해가 끝날 무렵. 설을 앞둔 섣달그믐께를 이른다.

이승에서의 마지막 소리를 하고 나서 그 길로 그만 피를 토하며 가쁜 숨을 거둬 가고 말았다는 것이었다.

다음날 저녁 무렵, 소식을 전해 들은 주인어른의 심부름을 받고 여인이 다시 부녀의 오두막으로 갔을 때는, 재 아랫마을 사람들이 이미 공동묘지 길목 위의 한구석에 소리꾼 아비의 육신을 파묻고 돌아오던 참이더랬다.

한데 또 하나 알 수 없는 것은 그렇게 해서 아비가 죽고 난 뒤의 계집아이의 고집이었다. 소리꾼 아비가 죽고 나자 여인네 집 주인어른은 의지할 데 없는 그 계집아이를 다시 그의 집으로 데려오게 하려고 했다. 하지만 계집아이는 어찌 된 속셈인지 한사코 그 흉흉한• 오두막을 떠나지 않으려 했다. 어른의 말을 따르기는커녕 나중에는 죽은 아비의 소리까지 그녀가 다시 대신하기 시작했다. 보다 못해 주인어른이 이번에는 또 무슨 생각이 들었던지 어린 계집아이 혼자 지키고 앉아 있는 오두막으로 그 당신•네 잔심부름꾼 여자아이를 함께 가 지내게 했고, 게다가 술청지기• 사내까지 한 사람을 덧붙여 자그마한 술 주막을 내게 해 주더라 했다.

흉흉하다 본래 '흉흉하다(洶洶--)'라는 말은 '분위기가 술렁술렁하여 매우 어수선하다'라는 뜻이다. 그러나 여기에서의 '흉흉하다'는 '흉흉하다(凶凶--)', 즉 '흉한 일이 있어 불길하다'의 의미로 쓰인 듯하다.

당신(當身) '자기'를 아주 높여 이르는 말.

술청지기 술청을 지키는 사람.

술청 술집에서 술을 따라 놓는 널빤지 탁자 또는 그런 탁자를 두고 술을 마실 수 있게 한 곳.

"무슨 소리를 들을 귀가 있을 턱은 없었지만,[✤] 저 역시도 그 여자나 여자의 소리에는 신기하게 마음이 끌리는 대목이 있었던 터라서, 어른의 말씀에 두말없이 주막으로 자리를 옮겨 앉은 것이 그 여자한테 소리를 익히게 된 인연이었지요. 그 여자도 이번에는 더 고집을 부릴 수가 없었던지 그로부터 몇 년간은 주막을 찾아든 사람들 앞에서 정성을 다해 소리를 했고, 손님이 없는 날은 저한테까지 소리를 배워 주느라[✤] 밤이 깊은 줄을 모를 때가 많았어요. 그런 세월을 꼬박 삼 년이나 지냈다오."

여자는 이제 아득한 회상에서 정신이 깨어나고 있는 듯 서서히 자신의 이야기를 정리해 나가기 시작했다.

여인은 아비의 기일[•]이 찾아오면 음식을 장만하기보다 정갈한[•] 술 한 되를 따로 마련하고, 고인[•]의 영좌[•] 앞에 밤새도록 소리를 하는 것으로 제례[•]를 대신했는데, 어느 해 겨울인가는 제주[•]조차 따로 마련함이 없이 밤새도록 소리만 하고 있다가 다음날

✤ 무슨 소리를 들을 귀가 있을 턱은 없었지만 소리(판소리나 잡가)를 듣고 그 가치를 구별해 낼 능력은 있을 리 없었지만.

✤ 배워 주느라 가르쳐 주느라.

기일(忌日) 해마다 돌아오는 제삿날.

정갈하다 깨끗하고 깔끔하다.

고인(故人) 죽은 사람.

영좌(靈座) 혼백을 모셔 놓은 자리.

제례(祭禮) 제사의 예식.

제주(祭酒) 제사에 쓰는 술.

아침 날이 밝고 보니 그날 새벽으로 여자는 혼자 집을 나간 채 그것으로 그만 다시는 영영 종적을 들을 수가 없게 되고 말았다는 것이었다. 아비의 삼년상이 끝나던 날 새벽의 일이었다 했다.

그런데 희한스런 일은 그 아비의 주검이 묻히고 나서도 계속 주막에서 들려 나오는 그 여인의 소리에 대한 아랫마을 사람들의 말투였다. 아비가 죽고 나선 그의 딸이 소리를 대신했고, 그 딸이 자취를 감추고 나선 여자가 다시 그것을 이어 가고 있었지만, 아랫마을 사람들은 언제나 그 소리를 옛날에 죽은 그 늙은 사내의 그것으로만 말했다는 것이었다. 묘지에 묻힌 소리의 넋이 그의 딸과 여자에게 그것을 이어 가게 하고 있다는 것이었다. 그의 딸이 하거나 여자가 대신하거나 사람들은 언제나 그것을 죽은 사내의 소리로만 들으려 했고, 그렇게 말하기를 좋아해 왔다는 것이다.

"그래 사람들은 그 어른의 무덤을 소리 무덤이라고들 한답니다. 소릿재니 소릿재 주막이니 하는 소리도 거기서 나온 말이고요. 전 말하자면 그 소리 무덤의 묘지기나 다름없는 인간이지요. 하지만 전 그걸 원망하거나 이곳을 떠나고 싶은 생각은 없답니다. 이래봬도 지금은 제가 그 노인네의 소리를

종적(蹤跡) 없어지거나 떠난 뒤에 남는 자취나 형상. 여기에서는 '멀리 떠나간 사람의 이후 생활에 대한 소식 또는 소문'의 의미로 쓰임.

삼년상(三年喪) 부모가 돌아가신 후에 삼 년 동안 상을 치르는 일.

주검 죽은 사람의 몸.

받고 있는 턱이니께요. 언젠가는 한번쯤 당신의 핏줄이 이곳을 다시 스쳐 갈 날을 기다리면서 이렇게 당신의 소리 덕으로 끼니를 빌어먹고 살아가는 것도 저한테는 이만저만한 은혜가 아니거든요."

여인은 한숨 섞인 목소리로 이야기를 끝맺고 나서 다시 소리를 시작했다.

이번에는 〈홍보가〉 가운데서 홍보가 매품팔이를 떠나면서 늘어놓는 신세타령의 한 대목이 시작되고 있었다.

여자가 성큼 소리를 시작하자 사내도 이내 다시 북통을 끌어안으며 뒤늦은 장단을 따라가기 시작했다. 이번에는 그 장단을 잡아 나가는 사내의 솜씨가 아까처럼 금세 소리의 홍을 타지 못하고 있었다. 사내는 아직도 뭔가 자꾸 이야기의 뒤끝이 미진한 얼굴이었다. 여자의 소리보다도 아직은 이야기를 좀 더 캐고 싶은 표정이 역연했다. 하지만 사내의 기색 따위는 아랑곳도 하지 않은 채 여자의 소리가 점점 열기를 더해 가기 시작하자, 사내 쪽도 마침내는 북채를 꼬나 쥔 손바닥 안에 서서히 다

받다 문맥상 '이어받다, 잇다'의 의미로 쓰임.
⚜ 당신의 핏줄 여기에서의 '당신'은 노인을 뜻하며, '노인의 핏줄'은 노인의 딸을 의미한다.
매품팔이 예전에, 관가에 가서 남의 매를 대신 맞아 주고 삯(돈)을 받던 일.
미진하다(未盡--) 아직 다하지 못하다.
역연하다(歷然--) 분명히 알 수 있도록 또렷하다.
기색(氣色) 마음의 작용으로 얼굴에 드러나는 빛.
꼬느다 마음을 잔뜩 가다듬고 연필 따위를 힘주어 쥐다.

시 땀이 배기 시작했다.✤ 그리고 마치 가슴이 끓어오르는 어떤 뜨거운 회상의 골짜기를 헤매어 들기 시작한 듯 두 눈길엔 이상스런 열기가 어리기 시작했다.

사내는 그때 과연 몸을 불태울 듯이 뜨거운 어떤 태양의 불볕을 견디고 있었다.

소리를 들을 때마다 그의 머리 위에서 이글이글 불타오르는 뜨거운 여름 햇덩이가 있었다. 어렸을 적부터의 한 숙명●의 태양이었다.

파도 비늘✤ 반짝이는 바다가 내려다보이는 해변가 언덕 밭의 한 모퉁이 — 그 언덕 밭 한 모퉁이에는 누군지 주인을 알 수 없는 해묵은 무덤이 하나 누워 있었고 소년은 언제나 그 무덤가 잔디밭에 허리 고삐가 매여 놀고 있었다. 동백나무 숲가로 뻗어 나온 그 기다란 언덕 밭은 소년의 죽은 아비가 그의 젊은 아낙에게 남기고 간 거의 유일한 유산이었다. 소년의 어미는 해마다 그 밭뙈기● 농사를 거두는 일 한 가지로 여름 한철을 고스란히 넘겨 보내곤 했다.

소년은 날마다 그 무덤가 잔디에서 고삐가 매인 짐승 꼴로 긴

✤ 사내 쪽도 마침내는 ~ 땀이 배기 시작했다 사내는 여인의 이야기를 더 듣고 싶다는 생각을 잊고 북장단을 맞추는 데 열중하기 시작했다.

숙명(宿命) 날 때부터 타고난 정해진 운명. 또는 피할 수 없는 운명.

✤ 파도 비늘 가지런한 파도의 모습을 물고기 비늘 모양에 비유한 표현이다.

밭뙈기 얼마 안 되는 자그마한 밭.

긴 여름날을 기다려야 했다. 그리고 그 언덕배기 무덤가에서 소년은 더러 물비늘 반짝이며 섬 기슭을 돌아 나가는 돛단배를 내려다보기도 했고, 더러는 또 얼굴을 쩌 오는 여름 태양 볕 아래 배고픈 낮잠을 자기도 했다. 그러면서 이제나저제나 밭고랑 사이로 들어간 어미가 일을 끝내고 나오기를 기다렸다. 하지만 여름마다 콩이 아니면 콩과 수수를 함께 섞어 심은 밭고랑 사이를 타고 들어간 어미는 소년의 그런 기다림 따위는 아랑곳이 없었다. 물결 위를 떠도는 부표처럼 가물가물 콩밭 사이를 오락가락하면서 하루 종일 그 노랫소리도 같고 울음소리도 같은 이상스런 콧소리 같은 것을 웅웅거리고 있었다. 어미의 웅웅거리는 노랫가락 소리만이 진종일 소년의 곁을 서서히 멀어져 갔다간 다시 가까워져 오고, 가까워졌다간 어느 틈엔가 다시 까마득하게 멀어져 가곤 할 뿐이었다.

그러던 어느 날.

하루는 그 바다가 내려다보이는 뙈기밭 가로 해서 뒷산을 넘어가는 고갯길 근처에서 이상스런 노랫가락 소리가 들려오기 시작했다. 밭두렁 길을 지나 뒷산으로 들어가는 푸나무꾼 같은 사람들에게서 자주 듣던 소리였다. 하지만 그날의 노랫가락은

언덕배기 언덕의 꼭대기. 또는 언덕의 몹시 비탈진 곳.
물비늘 잔잔한 물결이 햇살 따위에 비치는 모양을 이르는 말.
부표(浮漂) 물 위에 띄워 어떤 표적으로 삼는 물건.
뙈기밭 조그마한 밭.
푸나무꾼 풀을 캐거나 땔나무를 하는 사람.

동네 나무꾼들의 그것이 아니었다. 산으로 들어간 나무꾼도 없었고 소리를 하는 사람의 모습을 볼 수도 없었다. 산을 휩싸고 있는 녹음 속 어디선가 하루 종일 노랫소리만 들려왔다. 나중에 알게 된 일이었지만 그것은 이날 처음으로 그 산 고개를 넘어 마을로 들어오던 어떤 낯선 노래꾼의 소리였다. 어쨌거나 그날 그 모습을 볼 수 없는 노랫소리는 진종일 해가 지나도록 숲 속에서 흘러 나왔고, 그러자 한 가지 이상스런 일이 일어났다. 밭고랑만 들어서면 우우우 노랫소리도 같고 울음소리도 같던 어미의 그 이상스런 웅얼거림이 이날따라 그 산소리에 화답이라도 보내듯 더욱더 분명하고 극성스럽게 떠돌아 번지기 시작한 것이다. 그러면서 어미는 뜨거운 햇볕 아래 하루 종일 가물가물 밭이랑 사이를 가고 또 오갔다. 그리고 마침내 산봉우리 너머로 뉘엿뉘엿 햇덩이가 떨어지고, 거뭇한 저녁 어스름이 서서히 산기슭을 덮어 내려오기 시작하자, 진종일 녹음 속에만 숨어 있던 노랫소리가 비로소 뱀처럼 은밀스럽게 산 어스름을 타고 내려왔다. 그러곤 그 뱀이 먹이를 덮치듯이 아직도 가물가물 밭고랑 사이를 떠돌고 있던 소년의 어미를 후닥닥 덮쳐 버렸다.

그런 일이 있고 난 뒤부터 그날의 소리는 아주 소년의 마을로

녹음(綠陰) 푸른 잎이 우거진 나무나 수풀. 또는 그 나무의 그늘.
극성스럽다(極盛---) 성질이나 행동이 몹시 드세거나 지나치게 적극적인 데가 있다.
어스름 조금 어둑한 상태. 또는 그런 때.
⚜ 소년의 어미를 후닥닥 덮쳐 버렸다 사내가 소년의 어머니와 관계를 맺었다는 의미이다.

들어와 집 문간방에 둥지를 틀고 살게 되었으며, 동네 안에 둥지를 틀고 들어앉게 된 소리의 남자는 날만 밝으면 언제나 그 언덕 밭 뒷산의 녹음 속으로 숨어 들어가 진종일 지겹도록 산울림만 지어 내리곤 하였다.⚜ 사람의 모습은 보이지 않고 녹음이 소리를 숨기고 사는 양한 소리였다. 밭고랑 사이를 오가는 여인네의 그 괴상스런 노랫가락 소리도 날이 갈수록 극성스러워져 갔다. 소년은 여전히 그 무덤가 잔디에서 진종일 계속되는 노랫가락 소리를 들어야 했고, 소리를 들으면서 허기에 지친 잠을 자거나 소리를 들으면서 그 잠을 다시 깨야 했다. 잠을 자거나 잠을 깨거나 소년의 귓가에선 노랫소리가 떠돌고 있었고 소년의 머리 위에는 언제나 그 이글이글 불타오르는 뜨거운 햇덩이가 걸려 있었다.

소리는 얼굴이 없었으되, 소년의 기억 속엔 그 머리 위에 이글거리던 햇덩이보다도 분명한 소리의 얼굴이 있을 수 없었다. 그리고 언제나 뜨겁게 불타고 있던 그 햇덩이야말로, 그날의 소년이 숙명처럼 아직 그것을 찾아 헤매 다니고 있는 그 자신의 운명의 얼굴이었다.

문간방(門間房) 출입문 옆에 있는 방.

⚜ 그런 일이 있고 ~ 지어 내리곤 하였다 그 뒤로 소리꾼 남자가 소년의 집 문간방에서 지내게 되었으며, 남자는 늘 언덕 밭 뒤의 숲 속에 모습을 감춘 채 소리만 하고 있었다.

양하다 앞말이 뜻하는 모양을 하고 있음을 나타내는 말. 여기에서는 '듯하다'와 비슷한 의미로 쓰임.

여인네 여인 일반을 두루 이르는 말. 여기에서는 소년의 어머니를 가리킴.

그러니까 소년이 그 소리의 진짜 모습을 자신의 눈으로 똑똑히 보게 된 것은 그의 어미가 어느 날 밤 뜻하지 않은 소동 끝에 홀연 저승길로 떠나가 버리고 난 다음날 아침의 일이었다. 소리가 마을로 들어서던 그 한여름이 지나가고 해가 훌쩍 뒤바뀌고 난 이듬해 이른 여름의 어느 날 밤, 소년의 어미는 땅덩이가 꺼져 내려앉는 듯한 길고도 무서운 복통 끝에 흡사 핏속에서 쏟아내듯 작은 살덩이 형상 하나를 낳아 놓고는 그날 새벽으로 영영 그만 눈을 감아 버린 것이었다. 그리고 그런 일이 있은 다음날 아침에야 비로소 소리의 사내가 그 후줄근한 모습을 드러내며 소년의 집 사립문을 들어서던 것이었다.

하지만 소년은 아직도 그때의 그 사내의 얼굴이 소리의 진짜 얼굴이라고는 생각하지 않았다. 소년에겐 여전히 그 뜨거운 햇덩이가 소리의 진짜 얼굴로 남아 있었다.⚜ 나이가 들어 가도 마찬가지였다. 사정이 달라져 버린 소리의 사내가 핏덩이 같은 갓난애와 소년을 데리고 이 고을 저 고을로 소리를 하며 밥 구걸을 다니고 있었을 때도, 소리의 진짜 얼굴은 언제나 그 뜨겁게

복통(腹痛) 복부에 일어나는 통증을 통틀어 이르는 말. 여기에서는 '해산할 때의 진통'의 의미로 쓰임.

후줄근하다 몹시 지치고 고단하여 몸이 축 늘어질 정도로 아주 힘이 없다.

사립문 나뭇가지를 엮어서 만든 문.

⚜ 하지만 소년은 아직도 ~ 진짜 얼굴로 남아 있었다 어릴 적 뜨거운 햇덩이 아래에서 소리를 처음 들은 체험이 무척 강렬하였으므로, 소년은 지금도 여전히 소리의 주인은 사내가 아니라 햇덩이라고 생각한다는 뜻이다. 그만큼 소리가 소년에게는 고통스러우면서도 강렬하여 추구해야 할 대상이 된다는 의미를 담고 있다.

이글거리는 햇덩이 쪽이었다.

괴롭고 고통스런 얼굴이었다. 하지만 어떻게 된 심판인지 사내는 그 고통스런 소리의 얼굴을 버리고는 살 수가 없었다. 머리 위에 햇덩이가 뜨겁게 불타고 있지 않으면 그의 육신과 영혼이 속절없이 맥을 놓고 늘어졌다. 그는 그의 햇덩이를 만나기 위해 끊임없이 소리를 찾아다니지 않으면 안 되었다. 그런 식으로 이날 이때까지 반생을 지녀 온 숙명의 태양이요, 소리의 얼굴이었다.

사내는 여인의 소리에서 다시 그 자기 햇덩이를 만나고 있었다. 그리고 언제나처럼 무서운 인내 속에 그 뜨겁고 고통스런 숙명의 태양 볕을 끈질기게 견뎌 내고 있었다.

그러자 이윽고 여자의 소리가 끝이 났다. 〈흥보가〉 한 대목이 다한 것이었다.

하지만 사내는 여자가 소리를 끝내고 나서도 아직까지 그 끓는 태양 볕을 머리 위에 견디고 있는 듯 한참이나 더 얼굴을 고통스럽게 찡그리고 있었다. 이마와 콧잔등에는 실제로 태양 볕의 열기를 견디고 있던 사람처럼 굵은 땀방울이 맺혀 있었다.

"그래 그 여잔 한번 여길 떠나고 나선 그걸로 그만 소식이 아

심판 '셈판'의 사투리. 어떤 일이나 사실의 원인 또는 그런 형편.

사내 앞 문단에서 말한 '소리의 사내'가 아니라, 어른이 된 소년을 뜻함.

⚜ 맥을 놓고 '맥(脈)'은 '기운이나 힘'을 뜻하며, 여기에서의 '맥을 놓다'는 '긴장 따위가 풀려 멍하게 되다'라는 의미의 관용구이다.

반생(半生) 한평생의 반.

주 끊기고 말았더란 말인가?"

이윽고 깊은 상념에서 깨어난 사내가 곁에 놓인 술잔으로 천천히 목을 한 차례 축이고 나선 조심스럽게 여자를 다시 채근하고• 들기 시작했다. 아깟번 이야기에서 미진했던 것이 다시 머리에 떠오르고 있는 모양이었다.

"소식이 아주 끊겼다면 자넨 그래 짐작조차 가는 곳이 없었던가? 그때 그 여자가 여길 떠나면 어느 쪽으로 갔음 직하다고 짐작조차 떠오르는 데가 없었던가 말이네."

그러나 여자는 이제 그만 사내의 추궁에는 흥미가 없어진 모양이었다. 아니 어쩌면 그녀는 이미 사내의 흉중을 환히 꿰뚫고 나서 선부른 말대답을 부러• 삼가고 있는지도 알 수 없는 일이었다. 꼬리를 물고 있는 사내의 추궁에도 그녀는 이제 좀처럼 시원한 대답을 보내지 않고 있었다.

"아까도 말씀드렸소만, 어디 그런 짐작이 닿을 만한 곳이나 있었겠어요."

몰라서도 그럴 수는 있었겠지만, 말을 자꾸 피하고 싶은 기색이 역력했다•.

"가는 곳을 짐작할 수 없었다면, 그 사람들 부녀가 어디서부터 이 고을로 흘러들었는지, 전부터 지내 오던 곳을 얘기 들

채근하다(採根--) 어떤 일의 내용, 원인, 근원 따위를 캐어 알아내다.
부러 실없이 거짓으로. 여기에서는 '일부러'의 의미로 쓰임.
역력하다(歷歷--) 자취나 기미, 기억 따위가 환히 알 수 있게 또렷하다.

은 일은 있었을 게 아닌가?"

"소리를 하고 다니는 사람들이 한곳에 정해 놓고 몸을 담는 일이 있었겠소. 그저 남도 일대를 쉴 새 없이 두루 떠돌아다녔다더구만요."

"소리를 하던 부녀간 외에 따로 가까운 친척 같은 것도 없고? 그 여자한테 무슨 동기간 비슷한 것이라도 말이네……."

"그야 태생지가 어딘 줄도 모르는 사람들인데, 집안 내력인들 곧이곧대로 속을 털어 보이려 했겠소……."

그런데 그때였다. 여인의 말 가운데 부지중 뜻밖의 사실이 한 가지 흘러나왔다.

"행여 또 그런 핏줄 같은 것이 한 사람쯤 있었다 해도 앞을 못 보는 그 여자 처지에 떳떳이 얼굴을 내밀고 찾아 나설 형편도 못 되었고요."

그녀가 장님이었다는 소리였다.

"아니, 그 여자가 그럼 앞을 못 보는 장님이었단 말인가? 그리 된 내력이 도대체 어떤 것이었다던가? 그 여자 아마 태생부터가 장님으로 난 여잔 아니었을 거 아닌가 말이네."

사내의 표정이 갑자기 사납게 흔들리고 있었다. 여인은 무의식 중에 깜박 그런 말을 하고 나서도, 사내의 반응에는 도대체

동기간(同氣間) 형제자매 사이.
태생지(胎生地) 태어난 곳.
부지중(不知中) 알지 못하는 동안.

영문을 알 수 없다는 듯 천연스럽게 말꼬리를 다시 눙치고 들었다.

"그 여자가 장님이었다는 걸 말씀드리지 않았던가요. 하기야 그 여잔 눈이 먼 사람답지 않게 거동이 워낙 가지런해서 함께 지내고 있을 때부터 앞을 못 보는 사람이라는 생각을 잊고 있을 때가 많았으니께요. 하지만 손님 말씀대로 그 여자도 태생부터가 장님은 아니었던가 봅디다."

"그래, 어떻게 되어서 눈을 잃게 되었다던가? 사연을 들은 것이 있었으면 들은 대로 얘기를 좀 털어놔 보게."

사내의 목소리는 억제할 수 없는 예감에 떨고 있었다. 그러자 여자는 처음 얼마간 겁을 먹은 듯한 표정으로 말끝을 자꾸 흐리려 하고 있었으나 이제는 사내의 기세가 그것을 용납하지 않았다.

"상세한 내력까지는 저도 잘 모르지만요……."

딸아이에게 눈을 잃게 한 것은 다름 아닌 그녀의 아비 바로 그 사람이었을 거라 말한 것이 여자가 사내에게 털어놓은 놀라운 비밀의 핵심이었다.

소리꾼의 딸아이 나이 아직 열 살도 채 못 되었을 때 — 어느 날 밤 그녀는 갑자기 견딜 수 없는 통증으로 그의 아비 곁에서 잠을 깨어 일어나게 되었고, 잠을 깨고 일어나 보니 그녀의 얼

눙치다 어떤 행동이나 말 따위를 문제 삼지 않고 그냥 넘기다.

굴은 웬일로 숯불이라도 들어부은 듯 두 눈알이 모진 아픔으로 활활 타들어 오는 것 같았고, 그것으로 그녀는 영영 앞을 못 보는 장님 신세가 되어 버리고 만 것이라 했다. 여자의 아비가 잠든 계집자식 눈 속에 청강수를 몰래 찍어 넣은 것이라 했다. 그런 얘기는 여자가 일찍이 읍내 대갓댁 심부름꾼 시절서부터 이미 어른들에게서 들어 알고 있던 사실이었는데, 그렇게 하면 눈으로 뻗칠 사람의 정기가 귀와 목청 쪽으로 옮겨 가 눈빛 대신 목청소리를 비상하게 한다는 것이었다. 어렸을 적의 여자는 결코 그런 끔찍스런 얘기를 믿으려 하지 않았었다. 하지만 어느 날 밤 사실이 못내 궁금해진 여자가 그 눈이 먼 여인 앞에 이야기를 모두 털어놓고 물었을 때 가엾은 그 계집 장님은 길고 긴 한숨으로 그 믿을 수 없는 이야기를 믿어도 좋은 듯이 대답을 대신하고 말더라는 것이었다.

"한데 손님은 어째서 자꾸 그런 쓸데없는 얘기에까지 흥미가 그리 많으시오? 가만히 보니 아까부터 손님은 제 소리보다도 외려 그 여자 이야기 쪽에 정신이 팔리고 계신 듯해 보이시던데 손님한테도 무슨 그럴 만한 사연이 계신 게 아니시오?"

이야기를 대충 끝내고 난 여자가 짐짓 심통을 좀 부려 보고 싶은 어조로 묻고 있었다.

청강수(靑剛水) '염산'을 달리 이르는 말.

정기(精氣) 생기 있고 빛이 나는 기운.

비상하다(非常--) 평범하지 아니하고 뛰어나다.

그러자 사내는 이제 그의 오랜 예감이 비로소 어떤 분명한 사실에 다다르고 있는 듯 얼굴빛이나 몸짓들이 부쩍 더 사나워져 갔다. 얼굴 한구석엔 내력을 알 수 없는 어떤 기분 나쁜 살기*의 빛깔마저 떠오르기 시작했다. 그 여자의 심통스런 추궁엔 거의 몸부림이라도 치듯이 고갯짓을 거칠게 가로저어 대고 있었다.

하지만 여자는 미처 그런 눈치까지는 알아차리지 못한 모양이었다.

"그렇담 손님은 제 얘길 너무 곧이곧대로 믿고 계신가 보구만요. 전 아직도 그걸 통 믿을 수가 없는데 말씀이오. 눈을 그렇게 상해 놓으면 목소리가 대신 좋아진다는 게, 아닌 게 아니라 그럴 수도 있는 일이겠소?"

무심결에 묻고 나서야 그녀는 그만 제풀에 문득 입을 다물어 버렸다. 이번에도 계속 고개만 가로저어 대고 있는 손님의 눈빛에서 그녀도 비로소 그 내력을 알 수 없는 살기 같은 것을 보았기 때문이었다.

하지만 여자는 아직도 무엇 때문에 갑자기 사내가 그런 눈이 되고 있으며, 무엇이 아니라고 그토록 고갯짓을 되풀이하고 있는지 까닭을 알 수 없었다. 눈을 멀게 해도 소리가 고와질 수는 없다는 것인지, 아니면 좋은 목청을 길러 주기 위해 그 아비가 딸년의 눈을 멀게 했었다는 소리꾼 부녀의 이야기 전부를 부인

살기(殺氣) 독살스러운 기운. 또는 남을 해치거나 죽이려는 무시무시한 기운.

하고 싶은 것인지, 그녀로서는 도대체 손님의 고갯짓을 옳게 새겨 읽어 낼 재간이 없었다. 더더구나 여자로서는 그 딸년의 소리를 위해서가 아니라 보다 더 분명하고 비정스런 소리꾼 아비의 동기를 점치고 있는 사내의 깊은 속마음은 상상조차도 못했을 일이었다.

어이 가리 어이 가리, 황성 먼 길 어이 가리.

오늘은 가다 어디서 자고, 내일은 가다 어디서 잘 거나…….

한동안 무거운 침묵의 시간이 흐른 다음이었다.

여자가 이윽고 사내를 유인하듯 천천히 다시 노래를 시작했다. 공연히 거북해진 방 안 분위기를 소리로나 눅여 보고 싶은 심사인 듯했다.

〈심청가〉 중에 심 봉사가 황성 길을 찾아가는 정경으로, 여자의 목소리는 어느 때보다도 유장하고 창연스런 진양조 가락을 뽑아 넘기고 있었다. 지그시 눈을 내리감은 사내의 장단 가

비정스럽다(非情---) 비정하다. 사람으로서의 따뜻한 정이나 인간미가 없다.
동기(動機) 어떤 일이나 행동을 일으키게 하는 계기.
황성(皇城) 황제가 있는 나라의 서울.
눅이다 '눅다'의 사동사. 분위기나 기세 따위를 부드럽게 만들다.
심사(心事) 마음속으로 생각하는 일. 또는 그 생각.
정경(情景) 1. 정서를 자아내는 흥취와 경치. 2. 사람이 처하여 있는 모습이나 형편.
유장하다(悠長--) 급하지 않고 느릿하다.
진양조 판소리 및 산조의 장단 중 하나로서 가장 느린 장단.

락이 졸리운 듯 이따금씩 여인을 급하게 뒤쫓곤 했다.⚜

사내는 이미 여인의 소리를 듣고 있지 않았다.

그는 또다시 그 어릴 적의 이글거리는 햇덩이를 머리 위에 뜨겁게 느끼고 있었다. 그리고 그 아비 아닌 아비⚜가 되어 버린 옛날 사내의 소리를 듣고 있었다.

어미를 잃고 난 소년이 사내의 그 소리 구걸 길을 따라 나선 지도 어언 십여 년에 이르고 있었다.

사내는 채 철도 들지 않은 계집아이와 소년을 앞세우고 고을 고을 소리를 팔며 떠돌아다니고 있었다. 그러면서 사내는 항상 그의 어린것●에게도 소리를 시키는 게 소원이었다.

하지만 어린 녀석은 그저 마지못해 소리를 흉내 내는 시늉을 해 보일 뿐, 정작●으로 그것을 익히고 싶은 생각이 조금도 없었다.

사내는 마침내 녀석을 단념하고 이번에는 그보다도 더 나이가 어린 계집아이 쪽에 소리를 배워 주기 시작했다. 계집아이에겐 소리를 시키고 사내 녀석에겐 북장단을 치게 했다. 재간●이 좀 뻗친 탓이었을까? 계집아이 쪽은 신통하게도 소리를 잘 흉내 내었고, 목청도 제법 들을 만했다. 사람들이 모인 데서 아

⚜ 지그시 눈을 내리감은 ~ 급하게 뒤쫓곤 했다 생각에 잠겨 있다가 또 북장단을 맞추다가 하는 사내의 모습을 나타낸 것이다.

⚜ 아비 아닌 아비 '의붓아버지, 즉 어머니가 개가함으로써 생긴 아버지'를 의미한다.

어린것 어린아이나 어린 자식을 귀엽게 이르는 말. 여기에서는 주인공 사내가 되는 소년을 가리킴.

정작 요긴하거나 진짜인 것. 또는 그런 점이나 부분.

재간(才幹) 어떤 일을 할 수 있는 재주와 솜씨.

비 대신 오누이가 소리를 놀아 보여서 치하•를 듣는 일까지 생기기 시작했다.

사내는 끝내 나어린 오뉘• 소리꾼을 만들기가 소원인 것 같았다.

그러나 그 어린 사내 녀석은 아비의 뜻을 따를 수가 없었다. 그는 오히려 사내와는 정반대의 생각을 품고 있었다. 언제부턴가 그는 자기의 손으로 그 나이 먹은 사내와 사내의 소리를 죽이고 말 은밀한 계획을 꾸미고 있었다. 어미를 죽인 것이 바로 사내의 소리였다. 언젠가는 또 사내가 자기를 죽이게 될지도 모른다는 두려움이 항상 녀석을 떨리게 했다. 소리를 하고 있을 때밖엔 좀처럼 입을 여는 일이 드문 버릇이나 사내의 그 말없는 눈길이 더욱더 녀석을 두렵게 했다. 어미의 원한을 풀어 주고 싶었다. 사내가 자기를 해치려 들기 전에 이쪽에서 먼저 사내를 없애 버려야만 했다. 사내를 두려워하면서도 그의 곁을 떠나지 못하는 것은 마음속에 그런 음모가 꾸며지고 있었기 때문이었다. 사내가 두렵기 때문에 그가 시키는 대로 북채잡이• 노릇까지는 터놓고 거역을 할 수가 없었다. 순종을 하는 체해 보이면서 때가 오기를 기다렸다.

치하(致賀) 남이 한 일에 대하여 고마움이나 칭찬의 뜻을 표시함. 주로 윗사람이 아랫사람에게 한다.

오뉘 오누이.

북채잡이 북재비. 북 치는 일을 하는 사람.

사내가 소리를 하고 있을 때, 그 하염없고 유장한 노랫가락 소리를 듣고 있노라면 녀석은 번번이 그 잊고 있던 살기가 불현듯 되살아 나곤 했다. 그는 무엇보다 그 사내의 소리를 견딜 수가 없었다. 그리고 그 소리를 타고 이글이글 떠오르는 뜨거운 햇덩이를 참을 수가 없었다.

그는 사내의 소리를 들을 때마다 문득문득 기회가 가까이 다가오고 있음을 느꼈다. 거기다가 사내는 또 듣는 사람도 없이 혼자서 자기 소리에 취해 들 때가 종종 있었다. 산길을 지나다가 인적이 끊긴 고갯마루턱 같은 데에 이르면 통곡이라도 하듯 사지를 풀고 앉아 정신없이 자기 소리에 취해 들곤 하였다. 사내가 목청을 돋워 올리기 시작하면 묵연스런 산봉우리가 메아리를 울려오고, 골짜기의 산새들도 울음소리를 그치는 듯했다. 녀석이 어느 때보다도 뜨겁게 불타고 있는 그의 햇덩이를 보는 것은 그런 때의 일이었다. 그런 때는 유독히도 더 사내에 대한 견딜 수 없는 살의가 치솟곤 했다.

사내의 소리는 또 한 가지 이상스런 마력을 가지고 있었다. 녀석에게 살의를 잔뜩 동해 올려놓고는 그에게서 다시 계략을

고갯마루턱 고개에서 가장 높은 자리, 그중에서도 두드러지게 높은 부분.
사지(四肢) 사람의 두 팔과 두 다리를 통틀어 이르는 말.
묵연스럽다(默然---) 묵연하다. 잠잠히 말이 없다.
유독히(惟獨-) 유독. 많은 것 가운데 홀로 두드러지게.
살의(殺意) 사람을 죽이려는 생각.
동하다(動--) 어떤 욕구나 감정 또는 기운이 일어나다.
계략(計略) 어떤 일을 이루기 위한 꾀나 수단.

좇을 육신의 힘을 몽땅 다 뽑아가 버리는 것이었다. 녀석이 정작 그의 부푼 살의를 좇아 나서 볼 엄두라도 낼라치면, 사내의 소리는 마치 무슨 마법의 독물처럼 육신의 힘과 부풀어 오른 살의의 촉수를 이상스럽도록 무력하게 만들어 버리곤 하였다. 그것은 심신이 온통 나른하게 풀어져 버리는 일종의 몸살기와도 비슷한 증세였다.

한데 더욱더 알 수 없는 것은 그때마다 녀석을 대하는 사내의 태도였다. 확실한 것은 아니었지만, 녀석은 그때 사내 쪽에서도 어느 만큼은 벌써 그의 마음속 비밀을 눈치 채고 있으리라는 생각이 문득문득 머리로 들곤 했다. 그것이 녀석으로 하여금 그를 더욱 두려워하게 한 이유의 하나가 되고 있었다. 사내를 해치려 하고 있는 터에, 그리고 그것을 그토록 오랫동안 망설이고 주저해 온 터에 사내라고 그에게서 전혀 수상한 낌새를 눈치 채지 못하고 있었을 리가 없었다. 한데도 사내는 전혀 수상한 낌새를 나타내지 않고 있었다.⚜ 그는 그저 아무것도 모른 체 무심스레 소리에만 열중하고 있기가 예사였다. 아니 어쩌면 그는 이미 모든 것을 다 꿰뚫어 알고 있으면서도(그가 소리를 할 때마다

촉수(觸手) 하등 무척추동물 등이 가진, 촉각 기관 등의 구실을 하는 돌기.

무력하다(無力--) 힘이 없다.

수상하다(殊常--) 보통과는 달리 이상하여 의심스럽다.

⚜ 사내는 전혀 수상한 낌새를 나타내지 않고 있었다 사내는 의붓아들('녀석')을 수상하게 여기는 눈치를 전혀 보이지 않았다는 의미이다.

무심스럽다(無心---) 보기에 아무런 생각이나 감정 따위가 없다.

녀석에게 이상한 살기가 부풀고 있다는 사실까지도!) 오히려 녀석을 기다리며 유인이라도 해 대고 있는 듯이 끝없이 깊은 절망과 체념기가 깃든 모양새로 더욱더 극성스레 목청을 돋워 대는 것이었다.

그러던 어느 가을날 오후였다.

녀석은 마침내 모든 것을 알게 되었다.

소리꾼 일행은 그날도 어느 낯선 고을의 산길을 지나가고 있었다. 그리고 그날따라 사내는 또 길을 걸으면서까지 그 극성스런 소리를 쉬지 못하고 있었다. 쉬엄쉬엄 소리를 뿌리며 산길을 지나가던 일행이 이윽고 한 산마루의 고갯길을 올라서자, 사내는 이제 거기다 아주 자리를 잡고 주저앉아서 새판잡이로 다시 목청을 놓기 시작했다. 가을산은 붉게 불타고 골짜기는 뽀얗게 멀어져 있었다. 사내는 그 산과 골짜기에서도 깊은 한이 솟아오르는 듯 오래오래 소리를 계속했다. 그러나 그는 마침내 자기 소리에 힘이 지쳐난 듯 길가 가랑잎 위로 슬그머니 몸을 눕히더니 그 길로 그만 잠이 드는 듯 기척이 조용해졌다.

그런데 녀석은 또 그날따라 사내의 길고 오랜 소리로 하여 사지가 더욱 나른하게 힘이 빠져 있었다. 사내의 노랫가락이 너무도 망연하고 절망스러웠다. 잦아들 듯한 한숨으로 제풀에 공연

새판잡이 새로 일을 벌여 다시 하는 일.
망연하다(茫然--) 아무 생각이 없이 멍하다.

히 몸이 떨려 올 지경이었다.

녀석은 이제 더 이상 견디고 있을 수가 없었다. 까닭 없이 가슴에 복받쳐 오르고 있는 그 기이한 서러움이 녀석을 더 참을 수 없게 했다.

그는 이윽고 슬그머니 자리를 털고 일어나 잠잠해진 사내의 주위를 조심조심 몇 차례나 맴돌았다.

하지만 사내는 그때 실상 잠이 든 것이 아니었는지도 모른다. 녀석이 마침내 계집아이조차 모르게 커다란 돌멩이 하나를 가슴에 안고 가만가만 사내의 뒤쪽으로 다가서 갔을 때였다. 그러고는 제 겁에 제가 질려 어찌할 줄을 모르고 한참 동안이나 그냥 몸을 떨고 서 있을 때였다. 녀석은 그때 차라리 사내가 잠을 깨고 일어나서 그의 거동을 들켜 버리게라도 되었으면 싶던 참이었는데, 사내가 정말로 천천히 머리를 비틀어 뒤에 선 녀석을 돌아다보았다.

"왜 그러고 있는 거냐?"

그는 무엇인가 기다리다 못한 사람처럼 조금은 짜증이 섞인 듯한 목소리로 녀석을 슬쩍 나무랐다. 그러나 그뿐이었다. 그는 더 이상 녀석을 나무라려고 들지도 않았고 돌멩이의 사연을 묻지도 않았다. 그는 그저 그 조용한 한마디뿐 녀석의 심중을 유인하듯 다시 고개를 돌려 잠이 든 시늉이 되고 말았다.

정말로 알 수 없는 일이었다.

작자는 처음부터 녀석의 마음속을 알고 있었음에 틀림없어 보였다. 한데도 그는 무슨 생각으로 그토록 아무것도 모르는 체해 줄 수가 있었는지, 그 점은 이날 이때까지도 해답을 풀어 낼 수 없는 기이한 수수께끼였다.

녀석이 사내의 곁을 떠난 것은 그러니까 그런 일이 생겼던 바로 그날 오후의 일이었다. 사내는 끝내 녀석을 모른 체했고, 녀석은 더 이상 자신을 견디고 서 있을 수가 없었다. 그는 마침내 끌어안은 돌멩이를 버리고 나서 용변이라도 보러 가듯 스적스적 산길가 숲 속으로 들어가 그 길로 영영 두 사람 앞에 모습을 감춰 버리고 만 것이었다. 숲 속을 멀리 빠져 나와 두 사람의 모습을 찾아볼 수 없을 만큼 되었을 때, 그를 부르며 찾아 헤매는 듯한 사내의 소리가 골짜기를 아득히 메아리쳐 오고 있었지만, 녀석은 점점 소리가 멀어지는 반대쪽으로만 발길을 재촉해 버리고 만 것이었다.

그러나 녀석에겐 아직도 그 골짜기를 길게 메아리쳐 오던 사내의 마지막 소리를 피해 갈 곳이 아무 데도 없었다. 그날 이후로 그는 어느 때 어느 곳에서나 소리를 만나기만 하면 그때의 그 사내의 소리를 다시 듣곤 했다.

이날도 물론 마찬가지였다.

이날 밤도 그는 어느새 안타깝게 그를 찾아 헤매는 사내의 소리를 듣고 있었다. 그리고 버릇처럼 어디론가 그것에서 멀어지려 숨이 차도록 다급한 발길을 끝없이 재촉해 가고 있었다.

"이제 그만하고 목을 좀 쉬게."

사내가 마침내 제풀에 힘이 파한 얼굴로 여자를 제지하고 나선 것은 그러니까 전혀 그녀를 위해서가 아니었던 셈이다.

사내는 이제 얼굴빛이 참혹할 만큼 힘이 빠져 있었다.

"그래 여자는 그럼 자기의 눈을 멀게 한 비정스런 아비를 어떻게 말하던가?"

몇 잔째 거푸 술잔을 비우고 난 사내가 이윽고 다시 조용한 목소리로 여자에게 물었다.

"그 여잔 그런 말을 한 적이 없었답니다."

사내 앞에선 이제 더 이상 숨길 일이 없다는 듯 여인의 말투가 한결 고분고분해지고 있었다.

"여자가 말한 일이 없더라도 평소에 아비를 대하는 거동 같은 것을 보아 그 여자가 제 아비를 용서하고 있는지 못하고 있는지는 맘속으로 짐작해 볼 수가 있었을 것 아닌가 말이네."

빈틈없이 파고드는 사내의 추궁에 여자는 거의 억지 짐작을 꾸며 대고 있는 식이었다.

"행동거지로만 본다면야 말도 없고 원망도 없었으니 용서를 한 것 같아 보였지요. 더구나 소리를 좀 안다 하는 사람들까지

파하다(罷--) 어떤 일을 마치거나 그만두다. 문맥상 '다하다'의 의미로 쓰임.
제지하다(制止--) 말려서 못하게 하다.
행동거지(行動擧止) 몸을 움직여 하는 모든 짓.

도 그걸 외려 당연하고 장한 일처럼 여기고들 있었으니께요."

"그 목청을 다스리기 위해 눈을 멀게 했을 거라는 얘기 말인가?"

"목청도 목청이지만, 좋은 소리를 가꾸자면 소리를 지니는 사람 가슴에다 말 못할 한을 심어 줘야 한다던가요?"

"그래서 그 한을 심어 주려고 아비가 자식 눈을 빼앗았단 말인가?"

"사람들 얘기들이 그랬었다오."

"아니지……, 아닐 걸세."

사내가 다시 고개를 천천히 가로저었다.

"사람의 한이라는 것이 그렇게 심어 주려 해서 심어 줄 수 있는 것은 아닌 걸세. 사람의 한이라는 건 그런 식으로 누구한테 받아 지닐 수 있는 것이 아니라, 인생살이 한평생을 살아가면서 긴긴 세월 동안 먼지처럼 쌓여 생기는 것이라네. 어떤 사람들한텐 사는 것이 한을 쌓는 일이고 한을 쌓는 것이 사는 것이 되듯이 말이네……. 그보다도 고인한테 좀 미안한 말이지만, 노인은 아마 그 여자의 소리보다 자식 년이 당신 곁을 떠나지 못하게 해 두고 싶은 생각이 앞섰을는지도 모르는 일일 거네."

외려 '오히려'의 준말.

여자는 드디어 입을 다물어 버리고 말았다. 사내는 이제 그 여자가 알아듣거나 말거나 아직도 한참이나 깊은 상념 속을 헤매듯이 아득하고 몽롱한 목소리로 혼잣말처럼 중얼거리고 있었다.

"하지만 어쨌거나 그 여인이 제 아비를 용서한 것은 다행한 일이었을지 모르는 노릇이지. 아비를 위해서도 그렇고 그 여자 자신을 위해서도 그렇고……. 여자가 제 아비를 용서하지 못했다면 그건 바로 원한이지 소리를 위한 한은 될 수가 없었을 거 아닌가. 아비를 용서했길래 그 여자에겐 비로소 한이 더욱 깊었을 것이고……."

여인이 문득 다시 사내를 건너다보았다.

"손님께서도 아마 그렇게 믿어야 마음이 편해지시는가 보군요."

그리고 여자는 그제서야 사내가 안심이 된다는 듯 모처럼만에 한 차례 웃음을 보이고 나더니 이번에는 별로 망설이는 기색도 없이 스스럼없이 물었다.

"그래, 손님께선 이제 그 여자가 장님이 되어 버린 것을 아시고도 여전히 그 누이를 찾아 헤매 다니실 참인가요?"

여자의 그 갑작스런 발설에도 사내는 무얼 좀 새삼스럽게 놀라워하는 기색 같은 것이 전혀 안 보였다.

발설(發說) 입 밖으로 말을 냄.

"그저 여망이 있다면 멀리서나마 그 여자 소리라도 한번 만나게 되었으면 싶네만, 글쎄 언제 그런 날이 있을는지……."

지나가는 소리처럼 힘들이지 않은 목소리로 말하고 나서는, 그녀가 불쑥 자신의 맘속을 짚어 낸 것이 새삼 크게 궁금해지기라도 한 듯 비로소 조금 생기가 돌아 오른 눈길로 여자 쪽을 그윽이 건너다보았다.

이젠 여자 쪽에서도 벌써 사내의 그런 눈치를 알아차린 듯, 그러나 어딘가 지레 시치미를 떼고 있는 목소리로 엉뚱스레 의뭉을 떨어 대고 있었다.

"아마 그 여자 어렸을 때 소리 장단을 부축해 준 북채잡이 어린 오라비가 한 분 계셨더라는데, 제가 여태 그걸 말씀드리지 않고 있었던가요?"

■ 「뿌리깊은 나무」(1976. 4) ; 『이청준 문학전집 – 서편제』(열림원, 1998)

여망(餘望) 아직 남아 있는 소망.

지레 어떤 일이 일어나기 전 또는 어떤 기회나 때가 무르익기 전에 미리.

의뭉 겉으로는 어리석은 것처럼 보이면서 속으로는 엉큼함.

부축하다 겨드랑이를 붙잡아 걷는 것을 돕다. 여기에서는 '돕다'의 의미로 쓰임.

등장인물 들여다보기

사내

과거에 대한 회한을 품은 채 소리를 찾아다니는 인물로서, 자신이 알고자 하는 바를 주막집 여인에게 집요하게 캐묻고 있습니다.

어린 시절에 그는, 자신의 어머니가 소리꾼 사내와의 사이에 생긴 누이동생을 낳다가 죽자, 의붓아버지인 소리꾼 사내를 증오하게 됩니다. 특히 어머니와 소리꾼 사내를 잇는 매개체 구실을 한 것이 소리이기에, 소리꾼 사내의 소리를 들을 때마다 그의 증오심은 못 견딜 만큼 커지곤 했습니다. 그는 의붓아버지, 이부동생(아버지는 다르고 어머니는 같은 동생)인 누이와 함께 남도 지방을 떠돌며 살다가, 의붓아버지를 죽이고 싶을 만큼 커진 자신의 증오심이 두려워 그들의 곁을 떠나게 되지요. 그리고 오랜 세월이 지난 후에 마침내 주막집 여인에게서 누이의 소식을 듣게 됩니다.

주막집 여인

사내에게 소리꾼 부녀의 이야기를 전해 주는 인물입니다. 사내가 누구이며 무엇을 궁금해 하는지 알면서도 그것을 내색하지 않고, 자연스럽게 모든 것을 밝힐 수 있을 때까지 오히려 궁금증을 부추기는 의뭉함을 보입니다.

소리꾼 부녀가 신세를 지게 된 대갓집에서 심부름꾼으로 일하던 어린 그녀는, 소리꾼 사내가 죽은 후에 그 딸과 함께 주막에서 지내게 됩니다. 그리고 삼년상을 마친 후에 그 딸이 주막을 떠나자, 그동안 딸에게서 소리를 배운 그녀는 주막집을 운영하며 소리를 하고 살게 되지요. 딸은 떠나가기 전에 자기 가족의 내력을 들려주었고, 아마도 자신의 오빠가 이곳을 찾아올 날이 있을 것이라 말해 둔 듯합니다. 그래서 이 여인은 사내에게 '소리꾼 부녀의 이야기를 전해 주는 사람'이라는 역할을 맡게 된 것입니다.

소리꾼 사내

오로지 소리에만 매달려 살아간 인물입니다. 작품 속에 직접 등장하지 않고, 사내와 주막집 여인의 이야기 속에서만 모습을 드러내는 인물이기도 하지요.

의붓아들인 사내가 도망친 후에, 오빠처럼 도망치지 못하도록 하려고 딸의 눈을 멀게 만듭니다. 그가 이렇게 비정한 아버지가 된 이유는 가족을 곁에 두려는 욕심 때문이 아니라 소리를 이어 나갈 사람을 잃지 않기 위해서라고 볼 수 있을 것입니다. 그에게 소리는 한(恨)이자 삶 그 자체였을 테니까요.

소리꾼 여인

소리를 통해 한을 극복하며 살아가는 인물입니다. 역시 작품 속에 직접 등장하지 않고, 사내와 주막집 여인의 이야기 속에서만 모습을 드러내지요.

오빠와 함께 소리꾼 아버지에게 소리를 배우며 남도 지방을 유랑

하고 살아가다가, 오빠가 아버지와 자신을 버린 채 도망친 후에 아버지에 의해 눈을 잃게 됩니다. 그러나 그 모든 일의 속사정을 알게 된 후에도 그녀는 아버지를 용서한 채 그 한을 소리로 승화시킵니다.

• 작품 Q&A

"선생님, 궁금해요!"

Q 이 작품의 배경과 시점에 대해 설명해 주세요.

A 이 작품은 1976년 4월에 발표되었습니다. 작품의 공간적 배경은 남도 지방의 어느 주막이고, 시대적 배경은 1970년대 중반입니다(이 작품이 포함된 연작의 내용으로 이를 계산하여 알 수 있습니다.). 새마을 운동이 한창이던 1970년대에 주막이 어느 정도 남아 있었는지는 알 수 없지만, 이 작품에서 구체적이고 사실적인 시대적 배경은 그다지 중요하지 않습니다. 그보다는 작품의 주제와 직결되는 핵심 제재 '소리'의 성격과 의미가 중요하지요.

'소리'라는 것은 판소리와 잡가 등을 통틀어 부르는 명칭입니다. 그 노래들은 모두 그 옛날 가난과 억압 속에서 고통스럽게 살아가던 서민들의 한을 담고 있지요. 예컨대 〈심청가〉, 〈홍부가〉처럼 하층민의 고단한 삶을 담은 작품은 말할 것도 없고, 위나라와 오나라의 전쟁을 다룬 〈적벽가〉에마저도 그 옛날 서민들의 고달픈 삶과 한이 나타납니다. 〈삼국지〉에서 적벽 대전은 영웅호걸들의 치밀한 계략과 뛰어난 무예, 웅장한 규모의 전투 장면 등을 중심으로 그려지지만, 판소리 〈적벽가〉는 '군사 설움' 타령 등에서 보듯이 그 전쟁에 군사로 동원된 서민들의 한까지 담고 있으니까요. 소리가 한(恨) 그 자체이며, 삶은 곧 한을 쌓아 가는 과정이라는 주인공 사내의 말이 소리의 본질을 나타낸다고 할 수 있겠지요.

한편, 이 작품의 시점은 다소 복잡합니다. 우선, 주막집 여인과 사내의 대화 부분은 3인칭 관찰자 시점으로 보는 것이 적절합니다. 인물의 내면을 직접 설명하지 않고, 표정이나 행동 등의 외양을 통해 제한적으로 서술하고 있지요. 또한 주막집 여인이 들려주는 소리꾼 부녀의 이야기(이는 이야기 속의 이야기, 즉 액자 속 이야기에 해당합니다.)도 3인칭 관찰자 시점으로 서술되어 있습니다.

이에 반해, 사내가 자신의 어린 시절을 회상하는 부분(이 또한 이야기 속의 이야기, 즉 액자 속 이야기에 해당합니다.)은 전지적 작가 시점으로 서술되어 있습니다. 즉, 사내를 '소년'이라 부르며, 그 소년의 내면이 직접적으로 표현되어 있습니다. 서술자의 관점이 소년에게 있기 때문에 다른 인물들의 내면은 표정이나 행동 등을 통해서만 제한적으로 표현됩니다. 따라서 이 작품의 시점에 대해서, 전체적으로는 3인칭 관찰자 시점으로 서술되어 있으며 액자 내부의 이야기에는 그와 다른 시점이 사용되기도 했다고 정리할 수 있겠습니다.

Q **소리꾼 사내에 대한 주인공 사내의 심정을 생각해 본다면 그에게 '소리'는 증오의 대상이었을 것 같습니다. 그런데 그가 '소리'를 찾아다닌다니, 이해가 가지 않네요. 그가 소리를 찾아다닌 이유, 설명해 주세요.**

A 그 옛날, 사내는 의붓아버지가 어머니를 죽게 했다고 생각했고, 그래서 어머니의 원수를 갚기 위해 의붓아버지를 죽이고 싶어 했습니다. 특히 의붓아버지가 소리를 할 때마다 사내의 증오심은 참을 수 없을 만큼 커졌지요. 의붓아버지와 어머니가 처음 만나게 된 것이 소리 때문이었기에 그랬습니다. 그러나 의붓아버지를 차마 죽일 수는 없었기에, 사내는 소리를 피해 의붓아버지와 누이의 곁을 떠났습니다. 이렇게 보자면, 사내에게 소리가 증오의 대상이었으리라는 말에 수긍할 수 있겠습니다.

그러나 한편으로 소리는 또한 사내에게 삶을 지탱하는 힘이기도 했습니다. 소리를 들을 때마다 느끼던 그 고통이 없을 때, 그의 육신과 영혼은 속절없이 맥을 놓고 늘어졌다고 하지요. 의붓아버지와 함께 있을 때에 느끼던 증오심이 그의 삶을 지탱했다는 뜻으로 이를 해석할 수도 있겠지만, 그것만은 아닙니다. 의붓아버지의 곁을 떠난 후에도 사정은 다르지 않았으니까요. 여전히 그는 어느 때 어느 곳에서나 소리를 만나면 그때의 의붓아버지의 소리를 다시 듣는 듯했습니다. 그는 자신도 모르는 사이에 자신을 고통스럽게 하는 '소리의 얼굴'을 찾아 헤매고 있었던 것입니다.

표면적으로 보자면, 이는 누이의 소식을 듣기 위한 행동입니다. 그 옛날 의붓아버지와 누이의 곁을 떠난 것은 그에게 어쩔 수 없는 일이었지만, 그는 어린 누이를 버리고 떠난 데 대한 회한(悔恨 : 뉘우치고 한탄함)을 떨쳐 낼 수 없었습니다. 그래서 누이의 소식을 찾아 떠돌아다니게 되었지요. 그는 소리를 찾아 헤매다 보면 누이의 소식을 들을 수 있으리라 생각했고, 이 주막을 찾아든 것도 실은 그곳에 소리를 하는 여인이 있다는 말을 들었기 때문입니다.

그러나 주막집 여인과 만난 이때쯤, 중년에 접어든 그에게 소리가 갖는 의미는 이미 누이를 찾기 위한 수단만은 아니었을 것입니다. 사내는 소리가 담고 있는 한(恨)과 그 한을 승화시키는 소리의 힘을 오랫동안 경험해 왔습니다. 그 옛날 어머니에게 그러했듯이, 또한 의붓아버지에게 그러했듯이, 소리는 이 회한 많은 사내에게도 이미 삶에 없어서는 안 되는 힘이자 기둥이었을 것입니다.

Q 이 작품에는 '남도 사람 1'이라는 부제가 붙어 있어서 이것이 연작 소설의 한 부분임을 알 수 있게 하는데요, 계속되는 연작 소설에도 이 오누이의 이야기가 계속 나오나요? 그 뒷이야기가 궁금합니다.

A 이 작품은 『남도 사람』이라는 연작 소설의 첫 번째 이야기이고, 그 연작은 다섯 개의 이야기로 구성되어 있습니다. 〈서편제〉, 〈소리의 빛〉, 〈선학동 나그네〉, 〈새와 나무〉, 〈다시 태어나는 말〉이 그것이죠. 그중에서 이 오누이의 이야기를 직접적으로 다룬 것은 앞의 세 편입니다.

〈소리의 빛〉에서 소리꾼 여인과 사내(그의 오빠)는 마침내 다른 어떤 주막에서 만나게 됩니다. 여인은 사내와 대화를 나누고 또 사내에게 소리를 들려주기도 했지만, 그들은 서로의 관계를 알아차리고도 끝내 그것을 밝히지 않은 채 헤어지지요. 그 후에 여인은 주막집 주인 사내에게 자기 오누이의 내력을 이야기해 줍니다.

자신이 도망가지 못하도록 아버지가 자신의 눈을 멀게 만들었다는 것, 숨을 거두기 직전에 아버지가 자신에게 그 일을 고백하며 용서를 빌더라는 것, 그때에야 오빠와 자신이 아버지 다른 남매임을 알게 되었다는 것, 그리고 아버지가, 그 옛날 오빠가 아버지를 죽여 어머니의 원수를 갚고 싶어 하는 것을 알고, 원수를 갚으라고 일부러 몸을 내맡기고 있었다는 것.

그 이야기를 들은 주막집 주인 사내는, 여인의 소리가 한으로 인해서 깊어진 것임을 알고 사내가 일부러 자신의 정체를 밝히지 않은 채 떠났으리라 말합니다. 그녀의 한을 빼앗지 않기 위해서 그랬을 것이라는 말이지요.

〈선학동 나그네〉에서는 사내가 또 다른 주막의 주인 사내에게서 누이에 대한 이야기를 듣게 됩니다. 누이는 두 사람이 만났던 주막을 이미 떠났고, 사내는 여전히 누이의 흔적을 찾아다니고 있는 것이지요.

사내는 그 옛날 의붓아버지, 누이와 함께 유랑하던 시절에 묵었던 선학동(포구에 물이 차면 거기에 비친 관음봉이라는 봉우리의 모습이 마치 날아오르는 학의 모습 같다고 해서 생긴 이름)을 찾아옵니다. 그러나 이제 포구의 물길이 막혀 더 이상 관음봉이 한 마리 날아오르는 학으로 보이지 않음을 알고 실망합니다. 그러다 잠자리를 찾기 위해 주막에 들어가게 되는데요, 그 주막에서 주인 사내와 술을 마시며 이야기하던 중에 여인의 소식을 묻게 되지요. 그러자 그곳 주막집 주인 사내에게서 누이에 대한 이야기와 누이의 당부를 전해 듣게 됩니다. 더 이상은 자신을 찾아다니지 말라고, 자신은 어디로 떠난 것이 아니라 선학동의 하늘을 나는 학이 되어 이곳에 머물고 있다고 생각하라고, 더 이상 미안함이나 회한을 품고 살아가지 말라고 하는 당부를 말입니다.

그러나 사내는 자신의 운명이라며 다음날 또다시 떠돌이의 길을 떠나고, 주막집 주인 사내는 사내가 사라진 고갯마루 위로 날개를 펴고 빈 하늘을 떠도는 백학 한 마리를 보게 됩니다.

Q 아버지가 딸의 눈을 멀게 하고, 딸은 그런 아버지를 용서하고……. 이 일을 어떻게 이해해야 하는 거죠? 대체 소리라는 것이 무엇이기에 이런 상황들이 '외려 당연하고 장한 일'로 여겨지기까지 하는 건가요?

A 〈서편제〉에서는 사람들이, 소리꾼 아버지가 딸의 눈을 멀게 한 것에 대해, 눈으로 갈 기운까지 목소리에 모일 수 있게 하려고 그렇게 한 것이다, 가슴에 한을 심어 줘서 그녀의 소리를 깊게 하려고 그렇게 한 것이다, 같은 말들을 했다고 합니다. 이는 소리를 위해 아버지가 딸의 눈을 멀게 한 것이라는 해석이지요. 그러나 사내는, 소리꾼 아버지가 단지 딸이 자신의 곁을 떠나지 못하게 하려고 그런 짓을 한 것이리라고 말합니다. 그리고 이미 말했듯이, 『남도 사람』 연작에서 〈서편제〉의 다음 편인 〈소리의 빛〉은 이러한 사내의 짐작이 사실이라는 것을 확인시켜 주지요.

물론 그렇다고 해도 소리꾼 아버지의 행동이 소리를 위한 것이 아니라고 확실히 말할 수는 없습니다. 아버지가 자신의 소리를 딸에게 전해 주기 위해, 자신의 곁을 떠나지 못하도록 한 것일지도 모르니까요. 그러나 이 문제보다 더 중요한 것은, 딸이 어떻게 해서 아버지를 용서할 수 있었던가 하는 점입니다. 작가가 생각하는 '소리'라는 것의 의미가 바로 이를 통해 나타나기 때문이지요.

사내는 여인이 자신의 아버지를 용서한 것이 다행이라 말합니다. 그렇게 하지 못했다면 그녀의 소리는 원한으로 가득 차 있었을 테니, 그것은 진정한 소리가 될 수 없었으리라 말하지요. 이는 곧, 소리의 본질은 미움과 증오에서 나오는 '원한(怨恨)'이 아니라, 용서와 화해에서 비롯한 '한(恨)'의 예술적 승화에 있다는 것입니다.

사실 이 작품 속의 인물들은 한으로 가득 찬 삶을 살고 있습니다. 소리꾼 아버지의 삶도 그 나름의 한을 품고 있었을 것입니다. 아내는 딸아이를 낳다가 죽고, 의붓아들은 그 원한으로 자신을 죽이고 싶어 하다가 떠나고……. 주인공 사내 또한 마찬가지지요. 어른이 된 후에는 그도, 어린 시절에 품었던 증오심이 아이의 철없는 감정이었다고 생각했을 것입니다. 그러나 그는 그 증오심 때문에 이미 의붓아버지와 어린 누이를 버리고 떠났고, 오랜 세월이 흐르는 동안 그 누이가 어떻게 살아왔을지 생각하면서 한스럽기 그지없었을 것입니다.

그리고 소리꾼 여인은 누구보다 큰 한을 품고 살았겠지요. 그녀는 자신의 탄생 때문에 어머니를 잃었고, 소리 때문에 오빠까지 잃었으며, 아버지에 의해 자신의 눈을 잃었으니까요. 그러나 그녀는 소리로 인해 아버지를 용서할 수 있었습니다. 작가가 말했듯이, 소리는 '삶의 깊은 한을 때로는 해학으로, 때로는 눈물로 승화시키고 품어 온, 그럼으로써 삶을 더 깊고 넓게 열어 주는 예술 양식'이었으니까요. 작가가 보여 주고 싶었던 것은 바로 이렇게 '한으로 인해서 소리가 열리고, 한으로 인해서 소리가 깊어지는', '한이라는 것이 오히려 한세상 살아가는 힘이 되고 양식이 되는', 그런 소리의 세계라 할 수 있겠습니다.

더 읽어 봅시다

『남도 사람』 연작의 다른 작품

〈소리의 빛 – 남도 사람 2〉 _소리꾼 여인과 오빠의 만남을 통해, 소리와 한의 관계를 말해 주는 작품이다. 소리는 곧 한이며, 한이 여인의 소리를 깊게 했다는 것이다.

〈선학동 나그네 – 남도 사람 3〉 _장흥 근처의 해안가 마을(선학동)을 배경으로 소리꾼 아버지와 눈먼 딸, 그리고 이복 남매인 오라비의 기구한 운명을 그린 작품이다. 이 작품에서는 소리꾼 여인의 한뿐 아니라 오빠인 사내의 한까지, 선학동 하늘 위로 날아오르는 학의 모습으로 승화된다. 이 작품에서 여인의 소리는 이렇게 개개인의 한을 승화시킬 뿐 아니라, 선학동 사람들, 즉 공동체의 잃어버린 전설을 회복시키는 힘이기도 하다.

벨레 이야기

초등학교 4학년 아이가 주검으로 발견됩니다. 유괴를 당한 후 살해되었다는 그 주검 앞에서 아이의 어머니는 고통에 몸부림치지요. 그러다가 어떤 계기로 마음의 평안을 되찾습니다. 그런데 아이를 죽인 범인이 교수형에 처해진 후, 아이의 어머니도 자살하고 맙니다. 그녀를 죽음으로 내몬 것은 무엇일까요?

1

아내는 알암이의 돌연스런 가출이 유괴에 의한 실종으로 확실시되고 난 다음에도 한동안은 악착스럽게 자신을 잘 견뎌 나갔다. 그것은 아이가 어쩌면 행여 무사히 되돌아오게 될지도 모른다는 간절한 희망과, 녀석에게 마지막 불행한 일이 생기기 전에 어떻게든지 놈을 다시 찾아내고 말겠다는 어미로서의 강인한 의지와 기원 때문인 것 같았다.

지난해 5월 초. 어느 날 알암이가 학교에서 돌아올 시각이 훨씬 지나도록 귀가를 안 했다.

달포 전에 갓 초등학교 4학년을 올라간 녀석은 학교에서 돌

돌연스럽다(突然---) 돌연하다. 예상하지 못했던 일이 갑자기 일어나다.
행여(幸-) 어쩌다가 혹시.
기원(祈願) 바라는 일이 이루어지기를 빎.
달포 한 달이 조금 넘는 기간.

아오는 길로 곧장 다시 동네 상가에 있는 주산• 학원을 나가야 했다. 우리가 부러• 시킨 일이 아니라 녀석이 좋아서 쫓아다니는 곳이었다.

다리 한쪽이 불편한 때문이었을까. 제 어미 마흔 가까이에 얻어 난 녀석이 어릴 적부터 성미가 남달리 유순했다. 유순한 정도를 지나 내숭스러워• 보일 만큼 나약하고 조용했다. 어려서부터 통 집 밖엘 나가 노는 일이 없었다. 동네 아이들과도 어울리려 하질 않았다. 집 안에서만 혼자 하얗게 자라 갔다. 혼자서 무슨 특별한 놀이를 탐하는 일도 없었다. 무슨 일에도 취미를 못 붙이고 애어른•처럼 그저 방 안에만 틀어박혀 적막스런• 나날을 지내고 있었다. 녀석의 몸짓이나 말투까지도 그렇게 조용조용 조심스럽기만 하였다.

초등학교엘 입학하고 나서도 마찬가지였다. 태어날 때부터의 불구에 이력•이 붙은 우리 부부는 말할 것도 없었고, 녀석의 반 담임 선생님까지도 각별한 주의를 기울여 살폈지만, 녀석에겐 전혀 별다른 변화의 기색이 나타나질 않았다. 친구를 가까이

주산(珠算) 수판으로 셈하는 일, 즉 '수판셈'의 예전 명칭.

부러 실없이 거짓으로. 여기에서는 '일부러', 즉 '어떤 목적이나 생각을 가지고, 또는 마음을 내어 굳이'의 의미로 쓰임.

내숭스럽다 겉으로는 순해 보이나 속으로는 엉큼한 데가 있다. 여기에서는 '일부러 꾸며서 순한 태도를 보이다'의 의미로 쓰임.

애어른 하는 짓이나 생각이 어른과 같은 아이.

적막스럽다(寂寞---) 적막하다. 고요하고 쓸쓸하다.

이력(履歷) 많이 겪어 보아서 얻게 된 슬기.

사귀는 일이나, 어떤 학과목에 특별히 취미를 붙여 가는 낌새가 전혀 없었다. 특별히 취미는 없어하면서도 학과목 성적만은 또 전체적으로 고루 상급에 속할 만큼 제 할 일은 제대로 하고 다니는 녀석이었다.

그런데 지난해 봄, 녀석이 4학년엘 올라가고 나서였다. 이때까진 전혀 어떤 특별 활동 시간에도 관심이 보이지 않던 녀석이 이번엔 누가 권하질 않았는데도 제물에 새로 생긴 주산반엘 들어갔다. 그리고 거기 어떻게 적성이 맞았던지 나름대론 꽤나 열성을 쏟는 눈치였다. 학교를 파하고 오면 집에서까지 늘상 주판을 끼고 살더니, 나중엔 아예 가까운 상가 거리의 주산 학원에 수강 등록을 시켜 달랬다. 그리고 한 두어 달 학교에서 돌아오면 점심이나 겨우 먹는 둥 마는 둥 하고 나서 그길로 곧장 다시 학원엘 쫓아가곤 하였다.

우리는 어쨌거나 다행이라 싶었다. 아이가 주산이 뛰어나고 아니고는 문제 바깥이었다. 소질의 여부도 따질 바가 아니었다. 녀석이 거기나마 취미를 붙여 다니는 것이 더없이 다행스럽고 대견스러울 뿐이었다.

그런데 이날은 전에 없이 녀석의 귀가가 늦고 있었다. 학원 갈 시각이 지났는데도 녀석이 돌아오는 기척이 없었다. 약국에

제물에 저 혼자 스스로의 바람에.
기척 누가 있는 줄을 짐작하여 알 만한 소리나 기색.

서 함께 일을 보던 아내가 안채를 몇 번 들어갔다 왔지만 그쪽으로도 아무 연락이 없더라 하였다. 늦게 돌아온다는 전화 연락 같은 것도 없었다. 하긴 학원 가는 시간을 미루고 어디서 다른 일에 어울려 놀고 있을 아이도 아니었다.

'오늘따라 학교에서 무슨 늦을 일이 생겼나?'

'아니면 시간이 좀 급해져서 학원부터 먼저 다녀오려는 것이 아닐까.'

그런 일도 물론 전에는 없었다. 학교에서 돌아와 학원엘 가기까지는 원래 한 시간 가량의 여유가 있었고, 귀가가 아무리 늦을 때라도 알암인 그 한 시간을 넘겨 온 일이 없었다. 학교에서 돌아오는 길에 학원이 있었지만, 녀석이 그곳부터 들러 올 일도 없었다. 하지만 녀석이 끝내 학원 시작 시각까지 소식이 없다 보니 우리는 그렇게밖에 생각할 수가 없었다. 학교에서 무슨 특별한 일이 생겨 시간이 급하다 보니 학원부터 먼저 들러 오려는 것이겠거니……. 불안한 속에서도 설마 싶은 마음으로 우리는 어서 학원 시간이나 끝나기를 기다렸다.

그러나 알고 보니 그건 너무도 사정을 알지 못한 어이없는 기대였다.

학원이 끝날 때가 지나고 나서도 알암이는 깜깜• 소식이 없었다. 학원 쪽에서 오히려 가게로 알암이의 결석을 물어 왔다.

깜깜 어떤 사실을 전혀 모르거나 잊은 모양.

"전 알암이를 맡아 지도하는 주산 학원 원장입니다……. 전에는 한 번도 빠진 일이 없었는데, 오늘 알암이가 보이질 않아서요……."

학교에서 무슨 일이 생긴 게 분명했다. 이제는 그렇게밖에 생각할 수 없었다. 우리는 곧장 학교로 연락을 취했다. 하지만 학교에서도 다른 일이 없었다 하였다. 여느 때처럼 정시에 수업이 끝났고, 아이들은 모두 집으로 돌아갔다 하였다.

"종례 시간에도 자리를 비운 아이가 눈에 띄지 않았어요. 그러니까 알암이는 종례를 마치고 곧 집으로 갔을 텐데요."

그때까지 퇴근을 기다리고 있던 담임 선생님의 말이었다. 그러면서 선생님은 다른 아이들 집에라도 좀 알아보겠노라며 시간을 잠시 더 기다려 보라 하였다.

그러나 한참 뒤에 다시 걸려 온 담임 선생님의 전화는 불길한 예감만 점점 더해 오는 소리뿐이었다.

"알암인 역시 아직 가까이 어울려 지내는 아이가 없군요. 반 아이들이 함께 어울려 교문을 나선 건 분명한데, 그 다음은 알암일 눈여겨본 아이가 없어요."

그러면서 선생님은 알암이의 성격이 너무 내성적이라서 그새 혼자서 은밀스런 취미를 숨겨 오고 있었거나 남모르는 친구

정시(定時) 일정한 시간 또는 시기.

은밀스럽다(隱密---) 숨어 있어서 겉으로 드러나지 않는 데가 있어 보인다.

라도 사귀어 두고 있었을지 모르니 시간을 좀 더 기다려 보자는 것이었다. 설마 하면 무슨 나쁜 일이야 있겠느냐고, 다음날까지도 정 소식이 없으면 반 아이들에게 다시 알아보도록 하자고. 어정쩡한 소리 끝에 전화를 끊고 말았다.

일은 분명 학교와 집 사이에서 일어난 변고였다. 그것도 아이의 담임 선생 말처럼 막연히 시간만 기다리고 앉아 있는 것으로는 실마리가 풀릴 수 없는 변고였다.

아이는 아닌 게 아니라 해가 저물어도 돌아오지 않았다.

우리는 일찍 약국 문을 닫아걸고 파출소에 아이의 실종 사실을 신고했다. 하지만 파출소 사람들이라고 해서 무슨 특별한 방책이 있을 리 없었다.

"초등학교 4학년이나 되는 아이라면 쉽사리 유괴를 당해 갔을 리도 없겠고……. 혹시 동네 불량배들한테라도 붙잡혀 있는 거 아닐까요? 하지만 뭐 너무 걱정하실 건 없습니다. 불량배 녀석들의 장난이라면 금품이나 빼앗고 돌려보낼 테니까요."

학교와 동네 일대의 불량배들을 단속해 나설 테니 하룻밤이나 두고 기다려 보자는 것이었다.

그나저나 이젠 다른 길이 없었다. 우리는 불안 속에 기다리

어정쩡하다 분명하지 아니하고 모호하거나 어중간하다.

변고(變故) 갑작스러운 재앙이나 사고.

방책(方策) 방법과 꾀를 아울러 이르는 말.

는 수밖에 없었다. 우리는 밤새도록 뜬눈으로 기다리며 하룻밤을 지새웠다.

밤이 새고 나도 아이는 여전히 소식이 없었다. 상학 시간에 맞춰 학교로 달려갔으나 거기에도 아이는 나타날 리가 없었다. 반 아이들 가운데에도 알암이의 일을 알 만한 애가 없었다…….

알암이는 그렇게 어느 날 하굣길에 수수께끼처럼 갑자기 사라지고 만 것이다.

집이나 학교에서 소동이 한바탕 회오리쳐 올랐을 것은 말할 것이 없었다.

하지만 그것은 소동으로 해결이 날 일이 아니었다. 놀라움과 당황스러움과 근심과 절망이 뒤섞인 지옥 같은 기다림도 며칠이 지나고 나자 우리는 새삼 사태의 심각성을 깨닫고 아이를 찾는 데 필요한 온갖 지혜를 동원하여 신중하고 세밀하게 녀석의 종적을 뒤좇아 나서기 시작했다. 우리는 아예 약국 문을 닫아걸고 아이의 발길이 닿을 만한 곳들을 샅샅이 뒤져 나갔다. 반 아이들의 주변은 물론 멀고 가까운 친척집들까지도 빠짐없이 모두 연락을 취해 보고, 학교 근처와 동네 일대에도 신문에도 몇 차례씩 광고를 내 가며 애타게 아이의 귀가를 기다렸다. 학교에서도 아이들이 '알암이 찾기' 운동을 벌이고 나섰고, 그 바

상학(上學) 학교에서 그날의 공부를 시작함.

종적(蹤跡) 없어지거나 떠난 뒤에 남는 자취나 형상.

람에 처음에는 좀 더 기다려 보자는 식으로 미지근하게 시일을 끌어 가던 경찰도 본격적인 수사에 착수해 들어갔다. 심지어는 이때까지 알암이가 다니던 주산 학원에서까지 아이를 찾는 일에 앞장을 서고 나섰을 정도였다.

하지만 그 모든 사람들의 노력에도 알암이는 여전히 감감무소식이었다. 1주일이 지나고 2주일이 지나가도 어떤 실마리 하나 잡혀 오지 않았다. 제 발로 가출을 해 나간 아이라면 그만 지쳐서 돌아올 때가 됐는데도 녀석에게선 끝내 종무소식이었다. 자의로 집을 나간 아이이기가 어려웠다. 녀석이 워낙 내숭스럽기는 했지만 도대체가 그럴 만한 이유가 없었고, 배짱이 그만큼 큰 아이도 아니었다. 어떤 식의 유괴나 납치의 가능성이 점점 더 짙어 갔다. 주위에 특별히 원한 같은 걸 살 만한 사람은 없었다. 하지만 금품 따위를 요구하기 위한 납치엔 원한의 유무가 상관될 리 없었다.

약국이 제법 잘 되는 편이었고, 그것이 동네에 알려져 있는 것이 표적거리가 될 수 있었다. 우리는 처음부터 그걸 염두에 두고 은밀히 어떤 연락을 기다려 보기도 하였다. 아이를 찾는

시일(時日) 기일이나 기한.

착수하다(着手--) 어떤 일에 손을 대다. 또는 어떤 일을 시작하다.

종무소식(終無消息) 끝내 아무 소식이 없음.

자의(自意) 자기의 생각이나 의견.

⚜ 금품 따위를 ~ 상관될 리 없었다 금품을 요구하기 위한 것이라면, 원한이 없어도 아이를 충분히 납치할 수 있다는 의미이다.

표적거리(標的--) 목표로 삼는 물건이 될 만한 재료.

일에도 그 가상의 범인(그것이 정말 우리들의 상서롭지 못한 가상으로 끝났더라면!)의 신경을 건드리지 않으려고 나름대로 몹시 주의를 기울였다. 한두 번은 아예 그 가상의 범인을 향해 '요구'를 유도하는 신문 광고를 내보내기까지 하였다.

하지만 일이 너무 알려진 때문이었을까. 그래서 이쪽이 좀 조용해지기를 기다리고 있거나 아예 모든 걸 단념해 버리고 꼬리를 거둬 숨겨 들어간 것이었을까. 보이지 않는 가상의 범인에게서는 전혀 어떤 연락이나 요구가 없었다. 그것이 우리를 더욱 불안하게 만들었다. 범인이 때를 기다리고 있다면 몰라도 아예 일을 단념하고 만 상태라면 결말에 대한 상상이 더욱 절망스러울 수밖에 없었다.

하지만 우리는 견딜 수밖에 없었다. 어떤 불길함이나 절망감을 견디고서라도 우리는 기어코 아이를 찾아내야 하였다. 그리고 희망을 잃지 말아야 하였다. 바로 그 희망과 기원, 어떻게든지 아이를 찾아내고 말겠다는 끈질긴 희망과 기원이야말로 아내(이제 와서 굳이 나까지 말해 무엇 하랴)에겐 무엇보다 크고 소중한 힘이 되고 있었다. 그것이 그 참담스러운 심사 속에서도 아

가상(假想) 사실이 아니거나 사실 여부가 분명하지 않은 것을 사실이라고 가정하여 생각함.
상서롭다(祥瑞--) 복되고 길한 일이 일어날 조짐이 있다.
⚜ 아예 일을 단념하고 ~ 절망스러울 수밖에 없었다 범인이 몸값 받기를 단념하게 되면 아이를 죽일 것이라는 두려움을 말한 부분이다.
참담스럽다(慘憺---) 참담하다. 끔찍하고 절망적이다.
심사(心思) 어떤 일에 대한 여러 가지 마음의 작용.

내가 지쳐 쓰러지지 않고 비극을 견뎌 나갈 수 있는 힘의 원천이 되고 있었다.

아내는 그 희망과 기원 때문에 그 엄청난 일을 당하고서도 그렇게 의연히[•] 자신을 지탱해 나갈 수가 있었던 것이다. 그리고 그녀는 마침내 알암이의 일에서 차츰 세상의 관심이 사라져 간 다음에도 조금도 실망하는 기색 없이 더욱더 끈질긴 의지력을 발휘해 가고 있었다.

다름 아니라 알암이는 한 달이 지나도 여전히 소식이 깜깜이었다. 그러자 세상사가 으레 그렇듯이 사람들의 관심이 점점 알암이의 일에서 멀어져 가기 시작했다. 경찰 수사도 시들해져 가는 눈치였고, 학교 쪽 아이들도 이젠 할 일을 다 한 듯 잠잠해져 가고 있었다. 그새 한두 번 기사를 취급해 준 신문이나 방송들도 더 이상 도움을 주려 하지 않았다. 사람들은 이제 알암이의 유괴를 불행스런 미제[•] 사건으로 기정사실화해[•] 가고 있는 낌새였다.

하지만 아내는 그러거나 말거나 흔들림이 없었다. 아니 그럴수록 아내는 자신의 삶을 온통 그 일에 걸다시피 각오를 새로이 하여 아이를 찾는 일에 혼신[•]의 노력을 기울여 나갔다. 약국 문

의연히(毅然-) 의지가 굳세어서 끄떡없이.
미제(未濟) 일이 아직 끝나지 아니함. 여기에서는 '사건이 해결되지 않음'의 의미로 쓰임.
기정사실화하다(旣定事實化--) 이미 결정되어 있는 사실로 간주하다.
혼신(渾身) 온몸.

을 계속 닫아건 채 밤낮없이 사방을 뛰어다녔다. 수단 방법도 가리려 하지 않았다. 아내는 여기저기 계속 신문사를 찾아다니며 도움을 호소하고, 방송국의 안내 프로그램 같은 델 쫓아 나가선 그 가상의 범인을 향해 어떤 요구도 감수할 각오이니 아이만 제발 무사히 돌려보내 달라고, 아이의 안전을 당부하기도 하였다. 각급 학교의 교문 근처에서 알암이의 사진과 인적 사항이 적힌 전단을 나눠 주기도 했고, 역이나 버스 정류장 혹은 사람들이 붐비는 네거리 같은 데선 아이를 찾는 피켓을 만들어 들고 서서 사람들의 눈길을 애걸하기도 하였다. 뿐만이 아니었다. 아이의 일이 점점 오리무중으로 어려워져 보이자 아내는 흔히 우리 여인네들이 해 온 방식으로 절간을 찾아가, 아이의 앞길을 밝혀 지켜 주십사 촛불을 켜고 공양을 바치고 오기도 하였다. 절간뿐만 아니라 아무 곳이나 교회당을 찾아가(아내는 원래 교인이 아니었다) 아이를 위한 교회 헌금도 아끼지 않았다.

어쨌거나 아내는 그런저런 방법으로 아이를 위해 모든 노력과 정성을 다했다. 그것은 아이의 아비가 되는 나까지도 놀라움과 감동을 금치 못할 정도였다. 사실을 말하자면 나는 언제부턴가 최악의 사태를 각오해 두고 있었다. 시일이 흐를수록 일은

감수하다(甘受--) 책망이나 괴로움 따위를 달갑게 받아들이다.

피켓(picket) 어떤 주장을 알리기 위하여 그 내용을 적어서 들고 다니는 자루 달린 널빤지.

오리무중(五里霧中) 오 리나 되는 짙은 안개 속에 있다는 뜻으로, 무슨 일에 대하여 방향이나 갈피를 잡을 수 없음을 이르는 말.

공양(供養) (불교에서) 부처나 승려에게 음식, 꽃 등을 바치는 일.

비관적이었고, 육신과 정성은 지쳐날 대로 지쳐났다. 나는 마지막 절망 속에서 최악의 사태를 대비해 두고 있지 않으면 안 되었다.

하지만 나는 아내 앞에서 그것을 조금도 내색할 수가 없었다. 아내의 집념과 희망이 너무 강했기 때문이었다. 아이를 찾게 되든 못 찾게 되든 아내를 위해서도 그런 기미를 조금이라도 내보여서는 안 되었다. 아내의 초인적인 노력은 그것으로 끝내 아이를 못 찾게 되는 한이 있더라도 아내 자신을 위해 다행스럽고 필요한 일이기 때문이었다. 아내가 쓰러지지 않고 자신을 버텨 나가는 것은 그 희망과 집념의 덕이기 때문이었다. 나는 아내와 함께 아이의 건재를 믿으며 희망과 용기를 계속 북돋아 나가야 하였다.

그러나 아내의 그 끈질긴 집념과 노력도 끝내는 모두 허사가 되고 말았다. 내가 어슴푸레 미리 짐작해 온 대로 일은 마침내 최악의 결과로 판명이 나고 만 것이었다. 알암이가 사라진 지 꼭 두 달 스무 날째가 되던 7월 22일 저녁 무렵의 일이었다. 알암이는 이날 집에서 멀지 않은 그 주산 학원 근처의 한 2층 건물 지하실 바닥에서 참혹한 시체로 발견되어 나온 것이었다.

비관적(悲觀的) 앞으로의 일이 잘 안될 것이라고 보는. 또는 그런 것.
기미(幾微/機微) 낌새.
초인적(超人的) 보통 사람으로는 생각할 수 없을 만큼 뛰어난. 또는 그런 것.
건재(健在) 힘이나 능력이 줄어들지 않고 여전히 그대로 있음. 여기에서는 '무사함'의 의미로 쓰임.

2

아이의 육신은 이미 부패가 심하여 형체조차 제대로 알아볼 수 없을 정도였다.

하지만 아직 손발이 뒤로 묶인 채 입에는 수건까지 물려 암매장 당해 있는 몰골이 유괴 피살을 더 의심할 여지가 없었다.

남은 일은 이제 가상의 범인이 아닌 진짜 유괴범을 잡아내는 것뿐이었다. 그것도 이제는 사건의 윤곽이 밝혀진 마당에 범인의 색출은 시간문제처럼 보였다. 무엇보다도 아이의 시신이 발견된 장소가 범인의 윤곽에 결정적인 단서를 제공해 준 셈이었다.

아이의 시신이 발견된 건물 일대는 새해 들어서부터 도시 재개발 사업이 시작된 곳이었다. 하여 일대에선 이른 봄부터 한두 사람씩 집을 비우고 나간 곳이 생겨났다. 범행 현장이랄 수 있는 2층 건물은 4월 말쯤(나중 조사에서 확인된 일이지만 그것은 알암이의 실종 직전이었다.)에 이미 사람이 나간 곳이었다. 범인은 알암이를 납치해다가 그곳에 숨겨 두고 얼마 동안 낌새를 살피

암매장(暗埋葬) 남몰래 시신을 파묻음.

몰골 볼품없는 모양새.

윤곽(輪廓) 일이나 사건의 대체적인 줄거리.

색출(索出) 샅샅이 뒤져서 찾아냄.

시간문제(時間問題) 이미 결과가 뻔하여 조만간 저절로 해결될 문제.

단서(端緖) 어떤 문제를 해결하는 방향으로 이끌어 가는 일의 첫 부분. 실마리.

고 있었음이 분명했다. 그러다 일이 여의치 않게 되자 아이를 살해하여 암매장한 것이 분명했다. 범인의 단념이 너무 빨랐기 때문이었을까, 아니면 처음의 설마 싶은 심사에다, 일대에 이미 그런 빈집들이 많아서 우리의 주의가 미처 소홀한 때문이었을까. 경찰 수사 과정에서나 우리가 몇 차례나 그런 곳을 여기저기 뒤지고 다녔으면서도 낌새를 알아채지 못한 것이 이상스러울 뿐이었다.

하여튼 알암이는 그렇게 석 달 가까이나 그 건물의 컴컴한 지하실 콘크리트 바닥 속에 암매장되어 있다가 건물의 철거 작업이 시작되고 나서야 가엾은 모습을 드러내고 나온 것이었다.

6월이 다 지나가고 나서야 주민의 퇴거가 완료되어 건물 철거 작업이 시작됐기 때문이었다. 그리고 범인의 예상(아마도 지하실이 그냥 매립되고 말리라는)에 반하여, 어떤 고지식한 포클레인 기사 하나가 지하실 콘크리트 바닥까지를 파 올려놓은 때문이었다.

범인 추적 수사는 자연히 건물을 중심으로 한 재개발 구역 상가와 이웃 지역 주민들을 중심으로 진행되어 나갈 수밖에 없었다. 건물주나 그 이웃 사람들은 물론 일대 상가를 맴도는 사람

여의하다(如意--) 일이 마음먹은 대로 되다.
퇴거(退去) 1. 있던 자리에서 옮겨 가거나 떠남. 2. 살고 있는 곳에서 다른 곳으로 거주를 옮겨 감.
철거(撤去) 건물, 시설 따위를 무너뜨려 없애거나 걷어치움.
매립(埋立) 우묵한 땅이나 하천, 바다 등을 돌이나 흙 따위로 채움.
포클레인(Poclain) 삽차. 땅이나 암석 따위를 파내는, 기계 삽을 단 자동차 형태의 기계이다.

들은 모두 한 차례씩 경찰의 조사를 받아야 했다. 그중에서도 특히 아이가 다니던 주산 학원 원장(김도섭 선생)에겐 가장 유력한 혐의의 초점이 맞춰질 수밖에 없었다. 범행은 어차피 금품을 노리는 유괴 살해의 혐의가 짙었고, 금품을 노리고 저지른 유괴극이라면, 범인은 어느 만큼 우리 집안 사정을 알고 있었거나, 초등학교 4학년짜리의 사리 분별력으로 보아 알암이가 안심하고 따라나설 만큼 안면이 가까운 면식범의 소행일 공산이 컸다. 주산 학원 선생은 그런 용의점들을 모조리 갖추고 있는 인물이었다. 한데다 그 주산 학원 역시도 재개발 사업 지역 안의 한 건물을 세 들고 있어서 일대의 사정에 그가 눈이 밝았을 건 당연한 노릇이었다. 알암이가 실종되던 날 녀석의 결석을 물어온 전화도 의심을 하자면 전혀 우연스런 것으로만 볼 수 없었고, 제물에 한동안 아이의 종적을 찾아 돌아다닌 열성도 어딘지 조금은 부자연스럽게 느껴지는 대목이 있었다.

그는 누구보다 유력한 용의자의 혐의를 피할 수가 없었다. 경찰도 그쪽으로 심증이 굳은 듯 그를 집요하게 추궁해 나갔

혐의(嫌疑) 범죄를 저질렀을 가능성이 있다고 봄. 또는 그 가능성.
사리 분별력(事理分別力) 일의 이치를 따져 옳고 그른 것을 판단하는 능력.
안면(顔面) 서로 얼굴을 알 만한 친분.
면식범(面識犯) 피해자와 가해자가 서로 얼굴을 아는 관계인 사건의 범인.
공산(公算) 어떤 상태가 되거나 어떤 일이 일어날 수 있는 확실성의 정도.
용의점(容疑點) 의심을 받을 만한 점.
심증(心證) 사실 관계의 여부에 대한 주관적 확신의 정도.
집요하다(執拗--) 몹시 고집스럽고 끈질기다.
추궁하다(追窮--) 잘못한 일에 대하여 엄하게 따져서 밝히다.

다. 문제는 거의 그의 결심에 달린 듯싶어 보였다. 그가 결심만 하고 나선다면 진상은 곧바로 밝혀질 전망이었다. 아이의 시신이 발견되고 나서부터 수사에 다시 활기를 띠기 시작한 경찰 쪽에서나 우리들(아내와 나 그리고 가까운 이웃 친척들까지도) 거의 모두가 그렇게 생각했다. 그리고 오직 그가 모든 걸 단념하고 사실을 털어놓고 나서기만을 기다렸다.

그것은 우리들의 무고한 속단이 아니었다. 사건이 결과적으로 우리 예상대로 해결지어진 것이다. 김도섭 — 치밀하고 집요한 경찰의 추궁에 못 견뎌 그 학원 원장이란 자가 마침내는 자신의 범행을 시인하고 나선 것이었다.

하지만 이제 사건의 시말은 이쯤에서 그만 이야기를 마무려 두는 것이 좋으리라. 이 이야기는 애초 아이가 희생된 무참스런 사건의 전말에 목적이 있는 것이 아니라(어느 무디고 잔인스런 아비가 그 자식의 애처로운 희생을 이런 식으로 머리에 되떠올리고 싶어하겠는가. 그것은 내게서 아이가 또 한 번 죽어 나가는 아픔에 다름 아닌 것이다), 알암이에 뒤이은 또 다른 희생자 아내의 이야기

진상(眞相) 사물이나 현상의 거짓 없는 모습이나 내용.
무고하다(無故--) 아무런 까닭이 없다.
속단(速斷) 신중을 기하지 아니하고 서둘러 판단함.
시인하다(是認--) 어떤 내용이나 사실이 옳거나 그러하다고 인정하다.
시말(始末) 처음과 끝을 아울러 이르는 말.
마무리다 마무르다. 일의 뒤끝을 맺다.
무참스럽다(無慘---) 보기에 몹시 끔찍하고 참혹한 데가 있다.
전말(顚末) 처음부터 끝까지 일이 진행되어 온 경과.

가 되고 있는 때문이다.⚜ 범인이 붙잡히고 사건의 전말이 밝혀진 다음에도 내 아내에겐 그것으로 사건이 마감되어질 수가 없었기 때문이다. 그리고 무엇보다 그 아내의 희생에는 어떤 아픔이나 저주를 각오하고서라도 나의 증언이 있어야겠기 때문이다.

그렇다면 그 범인이 밝혀지고 나서 아내는 과연 어떻게 되었던가. 아니 그보다도 아이가 끝내 그런 처참스런 주검의 모습으로 나타났을 때 아내는 아이와 자신을 위하여 무엇을 어떻게 할 수가 있었던가.

말할 것도 없이 알암이의 참사는 아내에겐 세상이 끝난 것 한가지였다. 지옥의 나락으로 떨어지는 절망과 자기 숨이 끊어지는 고통의 순간이었다. 아내는 거의 인사불성의 상태로 며칠을 지냈다. 몇 차례나 깜박깜박 의식을 잃기도 하였고, 깨어 있을 때도 실성한 사람처럼 넋을 놓고 혼자 울다 웃다 하면서 속절없이 무너져 가고 있었다.

하지만 아내의 절망과 자학은 다행히도 그 며칠 동안뿐이었

⚜ 이 이야기는 애초 ~ 이야기가 되고 있는 때문이다 '나'가 아내에 대한 이야기를 하기 위해, 그에 앞서 아이가 살해된 이야기를 했음을 알 수 있다.

주검 죽은 사람의 몸.

참사(慘死) 비참하게 죽음. 비참한 죽음.

한가지 형태, 성질, 동작 따위가 서로 같은 것.

나락(奈落/那落) 불교에서 말하는 지옥. 또는 벗어나기 어려운 절망적인 상황을 비유적으로 이르는 말.

인사불성(人事不省) 제 몸에 벌어지는 일을 모를 만큼 정신을 잃은 상태.

실성하다(失性--) 정신에 이상이 생겨 본정신을 잃다.

자학(自虐) 자기를 스스로 학대함.

다. 아내는 그 절망의 수렁에서 며칠 만에 다시 자신을 가다듬고 일어섰다. 그리고 처음 아이의 실종을 당했을 때처럼 자신을 꿋꿋이 지탱해 나가며 무서운 의지력을 발휘하기 시작했다. 이번에는 희망과 기원에서가 아니라 원망과 분노와 복수의 집념으로 해서였다.

이제 비로소 사실을 말하자면, 알암이의 실종이 확실해진 때부터 아내가 그토록 자신을 견디고 다시 일어서게 된 것은 이웃 김 집사 아주머니의 도움 때문이었다. 우리 약국과는 두어 집 건너에서 이불집을 내고 있는 김 집사 아주머니 —, 애초의 동기는 서로 달랐을망정 그 김 집사 아주머니의 권유가 이상한 방법으로 아내를 다시 절망에서 번쩍 일으켜 세운 것이었다.

"우리 구세주 예수님 앞으로 나오세요. 그래서 그분의 사랑에 의지하도록 하세요. 주님께선 모든 힘든 이들의 무거운 짐을 함께 져 주십니다. 그리고 모든 상처 받은 영혼들의 아픔을 함께해 주시며 그것을 사랑으로 치유해 주십니다. 알암이 엄마는 지금 혼자서는 도저히 감당해 갈 수 없는 크나큰 영혼의 상처를 입고 있어요. 애 엄마 혼자서는 그 짐을 절대로 감내해 나갈 수가 없어요……."

김 집사 아주머니의 위로와 권유는 대개 그런 뜻의 말들이었

집사(執事) 기독교에서, 교회 각 기관의 일을 맡아 봉사하는 교회 직분의 하나. 또는 그 직분을 맡은 사람.

감내하다(堪耐--) 어려움을 참고 버티어 이겨 내다.

다. 그것이 아내에겐 뜻밖에도 신통한 효과를 나타냈다. 그야 집사님이 아내의 믿음을 권유해 온 것은 그것이 처음이었던 것은 물론 아니었다. 이불 가게 못지않게 교회 일에도 늘 열심인 김 집사 아주머니는 알암이의 일이 있기 전부터도 자주 가게를 찾아와서 아내의 입교를 간곡히 권유하곤 했었다.

"알암이 엄마, 알암이 엄마도 신앙을 갖도록 하세요. 사람 사는 데 믿음을 갖는 것만큼 중요한 일이 없어요. 믿음이 없는 생활은 거짓 허수아비 삶에 불과하다구요. 신앙을 가지면 사람과 생활이 모두 새롭게 달라져요."

하지만 아내는 어찌된 일인지 번번이 귀조차 기울이려 들지 않았다.

나이가 아내보다 5년쯤 연상인 김 집사는 그래도 전혀 서운해 하는 기색 없이 끈질기게 다시 아내를 찾아오곤 하였다.

"두고 보세요. 내 언제고 알암이 엄마를 우리 주님께로 인도하고 말 테니까. 알암이 엄마라고 어렵고 마음 아픈 일이 안 생길 수 있겠어요. 애 엄마한테도 언젠가는 반드시 주님의 손길이 필요한 때가 찾아오게 될 거예요. 내 그땐 반드시……."

그럴 만한 어떤 계기라도 기다리듯 계속해서 뜸을 들이고 가

입교(入敎) 1. 종교를 믿기 시작함. 2. 기독교에서, 정식으로 신자가 되어 교회의 구성원이 되는 일.

간곡히(懇曲-) 간절하고 정성스러운 태도나 자세로.

믿음 문맥상 '기독교 신앙'의 의미로 쓰임.

계기(契機) 어떤 일이 일어나거나 변화하도록 만드는 결정적인 원인이나 기회.

곤 하였다. 별반 악의가 깃들지 않은 소리들이어서 아내도 그저 무심히 들어 넘기곤 해 오던 처지였다.

한데 과연 그녀의 예언처럼 아이의 사고가 생기고 만 것이었다.

김 집사는 마치 그거 보라는 듯, 혹은 기다리던 때라도 찾아온 듯 아이의 실종 사고가 생기자 금세 다시 아내에게로 달려왔다. 그러고는 이런저런 걱정의 말끝에 다시 아내의 믿음을 권했다.

"주님 앞으로 나오세요. 주님은 알암이 엄마처럼 근심 걱정으로 마음을 앓는 사람들과 아픔을 함께하고 그 짐을 덜어 주시기 위해 사랑으로 이 땅엘 오셨던 분입니다. 이럴 때일수록 주님께로 나아가 그분의 끝없는 사랑의 품속에 슬픈 영혼을 의지하도록 해야 해요."

한데 아내는 그토록 심정이 절박했기 때문이었을까.

"그분은 모든 일을 미리 알고 계시겠지요? 그리고 모든 일을 뜻대로 행하실 수가 있는 분이지요?"

아내가 모처럼 귀가 솔깃해져서 애원하듯 김 집사에게 묻고 들었다. 김 집사는 전혀 망설임이 없었다.

"하느님은 전지전능, 우주 만물을 섭리하고 계신 분입니다.

절박하다(切迫--) 어떤 일이나 때가 가까이 닥쳐서 몹시 급하다.

솔깃하다 그럴듯해 보여 마음이 쏠리는 데가 있다.

전지전능(全知全能) 어떠한 사물이라도 잘 알고, 모든 일을 다 행할 수 있음. 또는 그런 능력.

섭리(攝理) 기독교에서, 세상과 우주 만물을 다스리는 하나님의 뜻. 여기에서 '섭리하다'는 '다스리다'의 의미로 쓰임.

예수님은 그분의 독생자이십니다."

"그럼 그분은 우리 아이가 지금 어떻게 되어 있는 것도 알고 계신 걸까요?"

"알고 계실 뿐 아니라 알암이는 지금 그분께서 사랑으로 보살피고 계십니다. 그러니 그런 건 너무 걱정을 마시고 우선 먼저 그분 앞으로 나아가 그분께 의지할 결심부터 하세요."

"그분이 우리 아일 무사히 되돌려 보내 주실까요?"

"그분의 뜻이 계시기만 하다면……. 하지만 그걸 바라기 전에 당신의 믿음을 먼저 그분께 바쳐야 합니다. 그분은 언제나 당신의 믿음을 기다리고 계시니까요."

아내를 위로하기 위해서이기도 했겠지만, 아내의 안타깝고 초조한 심사 앞에 김 집사의 대답은 단언에 가까웠다.

하니까 아내는 끝내 마음이 움직이고 만 모양이었다. 아이만 찾을 수 있게 된다면 지옥의 불길 속에라도 뛰어 들어갈 아내였다. 하나님 아니라 지푸라기에라도 매달려 의지를 구해야 할 아내의 처지였다. 그렇지 않아도 절간까지 찾아가 촛불 공양을 바치고 다닌 아내였다.

아내는 드디어 결심이 선 듯 김 집사를 따라 나섰다.

그리고 서너 주일 예배 시간을 맞춰 가서 기도도 드리고 헌금

독생자(獨生子) 기독교에서, 하나님의 외아들이라는 뜻으로, '예수'를 이르는 말.
단언(斷言) 주저하지 아니하고 딱 잘라 말함.

도 하고 왔다. 절간을 찾아가 촛불 공양을 할 때처럼 무작정 액수를 높여 바친 헌금이었다.

하지만 그건 물론 아내가 지속적으로 신앙을 가지려는 결단의 표시는 아니었다. 보다도 그것은 아이를 찾으려는 간절한 소망의 표현일 뿐이었다. 절간을 찾아가 빌 때 한가지로 아이를 찾고 보자는 기복• 행위에 불과했다.

하나님도 아내의 그 속내를 아셨던지 그녀의 소망을 이루어 주지 않았다. 아내의 아낌없는 헌금에도 불구하고 아이는 끝끝내 돌아오지 못했다. 그리고 마침내는 엄청난 비극으로 아이의 종말이 밝혀지고 말았다.

아내는 더 이상 주님의 능력과 사랑을 신용하지 않았다. 남은 것은 그저 원망뿐이었다. 이제는 사랑이고 원망이고 '주님'을 생각할 겨를조차 없었다. 아이의 참혹스런 시신을 보고 나자 아내는 한동안 모든 것을 잃고 만 듯 자신마저 지옥의 어둠 속을 헤매었다.

김 집사도 아내의 그런 사정을 짐작한 듯 한동안은 전혀 모습을 나타내지 않았다. 하더니 아이의 시신이 발견되고 나서 한 주일 남짓이나 지난 어느 날 그녀가 다시 집으로 아내를 찾아왔다. 그리고 언제나처럼 그의 주님을 빌려 아내의 아픔을 위로하려 하였다. 하지만 이날따라 머리를 싸매고 자리에 누워 있던

기복(祈福) 복을 빎.

아내에게 김 집사의 그런 위로의 말이 귀에 들어올 리 없었다. 아내는 처음 김 집사가 오는 것조차 아는 체를 하지 않았다. 누가 찾아와서 무슨 말을 하거나 그저 멀거니 천장만 쳐다보고 있었다. 김 집사도 굳이 그런 아내를 아랑곳하지 않은 채 진심 어린 위로의 말들을 늘어놓고 있었다.

"알암이 엄마의 아프고 저린 마음은 알고도 남아요. 하지만 그럴수록에 마음을 맡기고 의지를 삼을 데가 있어야지 않아요. 지금의 처지로는 어려운 일이겠지만, 그럴수록 부드럽게 마음의 문을 열도록 노력해 보세요. 그래서 그 아픈 마음의 깊은 곳으로부터 주님을 참되고 새롭게 영접하도록 해 보세요. 마음이 한결 편해지실 거예요……."

그런데 그 김 집사의 설득이 너무도 참되고 간곡했던 탓인가. 그리하여 굳게 닫혀 버린 아내의 영혼의 눈을 뜨게 한 것이었을까. 무슨 소리에도 그저 넋이 나간 듯 천장만 멀거니 쳐다보고 있던 아내의 눈에 이윽고 영문 모를 눈물기가 가득 괴어오르기 시작했다. 그리고 모처럼 제정신이 돌아온 듯 천천히 머리를 가로젓고 있었다.

"모두가 다 부질없는 노릇이에요. 하나님의 사랑도 거짓말

멀거니 정신없이 물끄러미 바라보고 있는 모양.

저리다 가슴이나 마음 따위가 못 견딜 정도로 아프다.

영접하다(迎接--) 손님을 맞아서 대접하다. 여기에서 '영접하다'는 '기독교에서, 하나님의 영을 마음에 받아들이다'라는 의미로 쓰임.

이구요. 하나님이 정말 전지전능하시다면 우리 알암일 왜 그렇게 만들었겠어요. 그 어린것에게 무슨 죄가 있다구……. 하나님의 사랑이 정말 크시다면 처음부터 그런 일이 없게 했어야지요."

체념과 원망에 사무친 애소였다. 그나마도 아내에게선 모처럼 제정신이 되살아난 소리였다. 거기에 김 집사는 용기를 얻은 듯 아내를 계속 설득해 나갔다.

"알암이 엄마, 그렇게 주님을 원망하시면 안 됩니다. 마음속에다 원망을 지니면 자신만 더욱 고난스러워져요. 그야 지금의 알암이 엄마한텐 무리한 주문이 될지 모르지만, 그래도 애엄만 그럴수록 마음을 부드럽게 지녀서 주님의 사랑을 맞아들이도록 하셔야 해요. 주님의 사랑과 오묘한 섭리는 우리 인간의 지혜로는 헤아릴 수가 없어요. 이번에 알암이가 당한 일만 해도 우리 인간들의 눈에는 슬픔뿐이지만, 거기에 어떤 주님의 섭리가 임하고 계시는지도 알 수 없어요. 그러니 주님의 사랑과 섭리와 권능을 믿으시면 거기서 알암인 구원을 받을 거예요. 알암이가 이번에 당한 일이 어쩌면 우리가 모르는 어떤 더 큰 사랑을 베푸시려는 주님의 뜻인지도 모르니

애소(哀訴) 슬프게 하소연함.
오묘하다(奧妙--) 심오하고 묘하다.
임하다(臨--) 신성함이 인간이나 인간 세계에 미치다.
권능(權能) 권세와 능력을 아울러 이르는 말.

까요. 그 왜, 있지 않아요. 주님께선 그 당신의 사랑을 위해 누구보다 먼저 알암일 당신 곁으로 부르셨을 수도 있다고 말이에요……."

그런데 바로 그 순간이었다. 아내에겐 그 김 집사의 위로가 좀 지나쳤었던지 모른다. 혹은 아내로선 마음속에 사무친 원망과 저주를 죽어도 끊을 수가 없었던 것인지도 모른다. 순간 아내가 느닷없이 자리를 박차고 일어나 앉았다. 그러곤 마치 눈앞의 하나님에게 대들기라도 하듯이 김 집사를 향하여 외쳐 대기 시작했다.

"아니, 하나님은 아무것도 몰라요. 하나님이 그토록 전지전능하신 분이라면, 알암이를 그렇게 만든 살인귀 악마를 아직까지 숨겨 두고 계실 리가 없어요. 알암인 이렇게 죽고 말았는데, 범인은 아직 붙잡히질 않고 있지 않아요. 하나님이 정말 모든 걸 아신다면 어째서 그놈을 아직 가르쳐 주지 않는 거예요. 알고도 부러 숨겨 두고 계신 건가요. 그렇다면 하나님은 그놈과 한패거리와 다를 게 무어예요. 그래서 하나님은 모든 걸 아시고도 아이를 그 꼴로 만들어 보내신 건가요. 처음부터 그놈과 한패거리로 일을 그렇게 꾸며 가지고 말이에요."

아내의 원망이 폭발하고 만 것이었다. 사실 아내로선 나무랄 수 없는 원망과 분노의 토로이기도 하였다. 아이의 주검이 발견

토로(吐露) 마음에 있는 것을 죄다 드러내어서 말함.

되었을 뿐 이때까지도 아직 범인은 잡히질 않고 있었기 때문이다. 아내의 절망과 슬픔은 무엇보다도 그 범인의 얼굴을 원하고 있었기 때문이다.

그러니 그 아내의 사무친 원망과 복수심은 그쯤 폭발로 가라앉을 리 없었다.

"하나님은 몰라요. 살인귀를 가리켜 보여 주지 못하는 하나님, 사랑도 섭리도 다 헛소리예요. 하나님보다 내가 잡을 거예요. 내가 지옥의 불 속까지라도 쫓아가서 그놈의 모가지를 끌고 올 거예요."

아내는 그렇듯 하나님에 대한 극심한 원망 끝에 범인에 대한 불 같은 복수심으로 며칠간의 절망과 비탄의 수렁에서 다시 자신을 추스려 일어선 것이었다. 그리고 그날부터 사람이 달라진 듯 범인의 추적에 초인적인 의지력을 발휘하기 시작했다.

김 집사의 뜻과는 일치하지 않았지만, 어쨌거나 그 김 집사 덕에 아내는 다시 자신을 지탱해 나갈 수가 있게 된 것이었다. 하고 보면 이번엔 그 분노와 저주와 복수심이야말로 아내가 자신을 견디는 데 무엇보다 소중한, 어쩌면 하나님의 사랑이나 섭리보다도 더욱 힘차고 고마운 본능이었는지도 모른다.

비탄(悲歎/悲嘆) 몹시 슬퍼하면서 탄식함. 또는 그 탄식.

3

아내는 한동안 그런 식으로 무서운 복수심을 불태우며 범인을 잡는 일에 열을 올리고 다녔다.

그러나 그녀에겐 끝내 그 복수심을 충족시키고 그것을 해소할 기회가 주어지지 않았다. 범인이 붙잡히지 않아서가 아니었다. 범인은 미리 나름대로의 지능적인 보안책을 마련하고 있어서 알암이의 시신이 발견되고 나서도 생각처럼 쉽게 정체가 드러나지 않았다. 주산 학원 원장은 사건 당일의 알리바이가 거의 완벽했고, 더욱이 아이의 실종 후에는 녀석을 찾는 데에 앞장을 설 만큼 교활하고 대담한 위인이었기 때문이다. 그러니까 얼마 뒤 알암이의 시신이 발견되기 3주일쯤 전인 6월 하순경, 그의 학원이 세 들어 있던 건물까지 도시 재개발 사업에 밀려 동네를 떠나게 되고서부터는 범인 김도섭도 그것을 웬만큼까지 자신했을 법하였다. 하지만 앞서도 이미 말했듯이, 원장 김도섭은 처음부터 유력한 혐의자의 한 사람이었고 나중에는 그가 진짜 범인으로 밝혀진 인물이었다. 그는 아이 어미로서의 아내의 직감력과 집요한 추적이 뒷받침된 경찰의 수사력을 끝끝내 피해

해소하다(解消--) 어려운 일이나 문제가 되는 상태를 해결하여 없애 버리다.
보안책(保安策) 안전을 유지하기 위한 대책.
알리바이(alibi) 범죄가 일어난 때에, 피고인 또는 피의자가 범죄 현장 이외의 장소에 있었다는 사실을 주장함으로써 무죄를 입증하는 방법.

낼 수가 없었다. 그리고 경찰은 그의 범행 자백과 동시에 거기 따른 충분한 물증을 확보하게 된 것이었다.

하지만 그렇게 범인이 잡힌 것으로 아내의 원한은 풀릴 수가 없었다. 아내는 범인을 붙잡은 데 만족하지 않고, 자신이 직접 눈깔을 후벼 파고 그의 생간을 내어 씹고 싶어 하였다. 아이가 당한 것 한가지로 손목을 뒤로 묶어 지하실에 가두고 목을 졸라 땅바닥에 묻고 싶어 하였다.

당연한 일이지만, 그러나 당국은 아내에게 아무런 복수의 기회도 용납하지 않았다. 범행을 자백한 그 순간부터 위인은 아내의 보복을 피해 당국의 보호를 받게 된 격이었다. 그리고 아이의 참사와는 직접 상관이 없는 사람들끼리 범행의 목적과 과정을 추궁하고, 재판에서 그의 죽음을 결정지어 튼튼한 벽돌집 속으로 그를 들여보내 버렸다.

아내는 결국 그것으로 원한 어린 복수의 표적을 잃어버리고만 셈이었다. 아내가 들끓는 복수심을 견디며 할 수 있는 일이라곤 경찰의 수사 과정에서 가능한 데까지 그를 무도한 살인마로 몰아붙이는 일과 공판 과정에서 그를 저주하다 제물에 정신

물증(物證) 증거 방법의 하나로서 범행에 사용된 흉기나 훔친 물건 따위를 증거로 하는 일, 즉 물적 증거를 줄여 이르는 말.

당국(當局) 어떤 일을 직접 맡아 하는 기관.

튼튼한 벽돌집 여기에서는 '교도소'를 가리키는 표현으로 쓰였다. 아내의 복수나 다른 어떤 위협으로부터 안전한 곳이라는 의미를 함축하고 있다.

무도하다(無道--) 말이나 행동이 인간으로서 지켜야 할 도리에 어긋나서 막되다.

공판(公判) 기소된 형사 사건을 법원이 심리하는 일. 또는 그런 절차.

을 잃고 쓰러지는 정도가 고작이었다.

아내의 원한이 풀릴 리가 없었다.

하지만 지금에 와서 다시 생각해 보면 아내에겐 그게 오히려 다행이었는지도 모른다. 왜냐하면 아내는 가슴속에 뜨거운 복수의 불길이 남아 있는 한 자신을 용케 잘 지탱해 나가고 있었기 때문이다. 아내의 진짜 마지막 불행은 그 처절스런 가슴속의 복수심이 사라져 간 데서부터 싹이 트고 있었기 때문이다.

그러나 나는 당시로선 물론 그걸 전혀 알지 못하고 있었다. 그리고 그건 아마 아내 쪽도 사정이 마찬가지였을 게 분명했다.

아내는 계속 복수심을 짓씹으며 하루하루를 보냈다. 아내로부터 그를 멀리 떼어 놓고 있었지만, 아직은 그 복수의 표적이 아주 사라진 것은 아니었다. 김도섭 스스로도 자기 범행의 죄질을 가늠할 수 있었던 탓일까. 작자가 그의 죽음을 결정한 일심 판결을 승복하고 이심 공소권을 포기해 버린 바람에 그는 사실상 사형 확정수로 운명의 날만을 기다리게 된 처지였는데,

---

죄질(罪質) 범죄의 성질.

가늠하다 목표나 기준에 맞고 안 맞음을 헤아려 보다.

일심(一審) 소송에서 제1차로 받는 심리, 즉 제일심(第一審). 우리나라는 한 사건에 대하여 세 번의 심판을 받을 수 있도록 하는 삼심 제도(三審制度)를 채택하고 있다. 이에 따라 지방 법원에서 이루어지는 제일심의 결과에 승복하지 않는 경우에는 고등 법원 등에서 제이심을 받을 수 있으며, 제이심의 결과에도 승복하지 않는 경우에는 다시 대법원의 심판을 신청할 수 있다. 이심제(二審制)로 되어 있는 행정 소송 등의 예외가 있다.

승복하다(承服--) 납득하여 따르다.

이심(二審) 제일심의 판결에 대한 불복 신청이 있을 때에 하는, 제2차의 심리. 또는 그런 법원.

공소권(控訴權) '항소권', 즉 항소할 권리의 예전 명칭.

당국에선 왠지 그의 형 집행을 서두르고 나서질 않았기 때문이었다.

이유야 어찌 됐든 아내에겐 여전히 복수의 표적이 남아 있어 준 셈이었다. 그래 아내는 이제 하루빨리 목매달이[•]가 치러져 작자가 지옥으로 떨어지게 될 날을 애타게 기다렸다. 그러면서 또 다른 한편으로는 자신이 직접 작자의 육신을 지옥의 불길로 찢어 던지고 싶어 했다. 그럴 때 아내는 작자의 목매달이가 갑자기 치러지는 것을 걱정하기까지 하였다.

아내는 그런 식으로 마치 구경꾼들에 잔뜩 화가 나 있으면서도 철책[•] 때문에 어쩔 수가 없는 우리 속의 맹수처럼 자기 복수심 때문에 안절부절을 못하는 꼴이 되고 있었다. 그리고 그런 식으로나마 아내는 아직도 자신을 용케 잘 버텨 나갔다. 한데다 그 아내를 위해서이기라도 하듯 당국에선 여전히 작자의 목매달이를 서두를 기미가 보이지 않고 있었다.

그런 식으로 그럭저럭 계절이 가을철로 바뀌고 난 10월 초순 무렵부터의 일이었다. 아내의 처지가 아무래도 안되어 보였던지 김 집사 아주머니가 다시 아내를 찾아다니기 시작했다. 그리고 참으로 진실된 신앙심으로 아내에게 심신의 안정을 호소했다.

목매달이 문맥상 '교수형'을 뜻함.
철책(鐵柵) 쇠로 만든 울타리.

"알암이 엄마, 이젠 마음을 좀 가라앉히세요. 그리고 그 사람에 대한 원망과 미움을 줄여 가 보도록 하세요. 알암이 엄만 아무래도 지금 정상이 아니에요. 알암이 엄마의 절통한 심사를 나라고 헤아리지 못하는 건 아니지만, 그런다고 애 엄마가 그 사람을 직접 어떻게 할 수 있는 것도 아니잖아요. 그 사람은 이제 가만히 놔둬도 제 죗값을 치르게 되어 있어요. 원망하고 분해하면 애 엄마 심사만 그만큼 자꾸 더 상할 일 아니에요. 애 엄마까지 사람이 못쓰게 되어 가요."

김 집사는 이제 작자의 죄에 대한 사람의 심판은 끝났다는 것이었다. 남은 것은 하나님의 심판뿐이라 하였다. 이 마당에 아내가 할 일은 그를 원망하고 저주하는 것이 아니라 하나님께 모든 것을 맡기는 일이라 하였다. 그리고 자신의 이성을 되찾아 심신의 안정을 기하는 일이라 하였다. 거기다 가능하면 그를 용서하고 동정을 할 수도 있어야 한다는 것이었다.

"그것은 다만 그 사람만을 위해서가 아니에요. 그 사람보다는 알암이 엄마 자신을 위하는 일이에요. 그리고 가엾은 알암이의 영혼을 위하는 일인 거예요. 알암이의 영혼과 애 엄마 자신을 위해서라도 그에게 너무 깊은 원망을 지니지 않도록 하세요. 그래서 마음을 편하게 가지도록 노력해 보세요. 그렇게 되도록 노력을 하시면 주님께서 반드시 도와주실 거예요."

절통하다(切痛--) 뼈에 사무치도록 원통하다.

인간에겐 도대체 어느 경우를 막론하고 다른 사람을 심판할 권리가 없다고 하였다. 인간을 마지막으로 심판할 수 있는 것은 오직 하나님 한 분뿐이며, 사람에겐 오직 남을 용서할 의무밖에 주어지지 않았다는 것이었다. 그것을 거역하여 인간이 스스로 남을 원망하고 심판하려 할 때는 그 원망과 심판이 거꾸로 자신에게로 돌아오게 된다고 하였다.

아내는 이번에도 김 집사의 설득에 처음에는 전혀 귀를 기울이지 않았다. 사람에겐 애초에 남을 심판할 권리가 없다거니 가능하면 그를 용서할 수까지도 있어야 한다는 충고에 이르러서는 바락바락 화를 내고 대들기까지 하였다.

하지만 김 집사는 아랑곳하지 않았다. 이번에야말로 정말 아내에겐 자기의 인도가 필요하다고 확신한 듯 그녀의 설득은 어느 때보다도 끈질기고 진정에 차 있었다. 딴은 내 보기에도 아내에겐 김 집사의 그런 도움이 필요한 처지였다. 원한과 복수심에 가득 찬 아내는 아닌 게 아니라 정상이 아니었다. 알암이의 시신이 발견되고 나서부터 그 참담스런 절망감 속에서도 아내가 여태까지 자신을 지탱해 온 것은 그 원한과 복수심의 독기 때문이었다. 그런 뜻에서 그것은 아내에겐 필요한 독기요, 본능적인 생존력의 원천이었던 게 사실이었다. 그러나 그것은 어디

진정(眞情) 참되고 애틋한 정이나 마음.
원천(源泉) 사물의 근원.

까지나 임시방편의 비정상적인 생존력에 불과했다. 아내가 언제까지나 거기에 삶을 의지해 갈 수는 없었다. 그것은 정상적인 사람의 삶일 수가 없었다. 아내는 자신에게로 돌아와야 하였다. 언젠가는 어차피 아이의 일을 잊고 자기 파괴의 원망과 복수심에서 벗어나야 하였다. 그래서 어려운 대로 자신을 정상의 일상사 속에서 견뎌 나가도록 하여야 했다.

김 집사의 충고는 틀린 말이 아니었다. 인간의 권리나 그 한계에 대한 이야기도 이제는 아내가 귀를 기울여야 할 대목•이었다. 아내에겐 아무래도 그 김 집사와 그녀가 인도하고자 하는 주님에의 의지가 크게 필요해 보였다. 그래 나 역시 아내에게 진심으로 그것을 권했다. 그리고 두 사람이 다 같이 교회를 나가자는 김 집사의 권유에 나는 우선 먼저 아내부터 좋은 길을 인도 받을 수 있었으면 좋겠다고 은근히 김 집사를 거들었다.

그런데 어느 쪽이 아내의 마음을 움직이게 했던 것일까. 김 집사의 설득과 나의 권유가 얼마간 계속되자 아내는 어느 날 무슨 생각이 들었던지 뜻밖에 선선히 마음을 고쳐먹고 김 집사를 따라 나섰다. 그리고 그때부터 놀라운 열성으로 예배와 기도 속에 하루하루를 보내기 시작했다.

하지만 그것도 아내의 본심에서 우러나온 신앙심은 아니었다. 아내 자신의 마음의 평정을 회복하기 위해서나 자신을 견뎌

대목 이야기나 글 따위의 특정한 부분.

나갈 힘과 용기를 얻기 위해서가 아니었다. 더욱이 범인에 대한 증오심을 거두고 그를 용서하기 위해서는 아니었다. 사람의 마음이 갑자기 그렇게 달라질 수도 없었다.

알고 보니 아내는 아이의 영혼의 구원을 위해 교회를 찾기 시작한 것이었다. 소망과 기도가 온통 아이의 내세의 구원에 관한 것뿐이었다. 집에서나 교회에서나(아마 분명코!) 아이의 영생과 내세 복락만을 외어 댔다. 그러면서 그 아이의 영혼을 위한 교회 헌금에 마음을 의지하고 지냈다.

하지만 나는 그러는 아내를 나무랄 생각이 없었다. 동기가 무엇이든 아내는 이제 교회를 다시 나다니게 된 것이었다. 아내에겐 우선 그것이 중요했다. 그렇게 한동안 교회를 나다니다 보면 마음속에 진짜 신앙심이 자리를 잡을 수도 있게 될 터였다. 그리하여 마음의 상처를 씻고 옛날의 자신으로 돌아오게 될 것이었다.

김 집사도 내심 그것을 기대하고 있었다. 하여 그녀의 갑작스런 광신기를 그대로 모른 척 감내해 나갔다. 그리고 성실하

내세(來世) 죽음 이후의 세계.
영생(永生) 1. 영원한 생명. 또는 영원히 삶. 2. 기독교에서, 예수를 믿고 그 가르침을 행함으로써 천국에서 영원히 삶.
복락(福樂) 행복과 안락을 아울러 이르는 말.
내심(內心) 속마음.
광신기(狂信氣) 광신의 기운 또는 느낌.
광신(狂信) 신앙이나 사상 따위에 대하여 이성을 잃고 무비판적으로 믿음.

고 끈질긴 인내로 그녀를 참신앙심으로 이끌어 가는 노력을 계속해 나갔다.

우리들의 기대는 과연 헛된 것이 아니었다.

아내는 마침내 서서히 주님의 참사랑을 깨닫기 시작한 것 같았다. 그리고 그 사랑 속에 아이의 구원을 확신하게 된 것 같았다.

아내에게선 차츰 저주와 원망기가 덜해 가는 기미였다. 그만큼 매사에 마음이 부드러워지고 전날의 자신을 회복해 가고 있었다.

마침내는 그 주님의 사랑에 자신을 맡기겠노라, 스스로 감사의 눈물을 흘리기까지 하였다.

"주님, 감사합니다……. 사랑과 은혜에 감사합니다."

아내 자신도 그런 자신의 변화를 의식한 듯 주님께 대한 감사의 말을 입버릇처럼 자주 외어 대었다. 등골이 빠지게 일을 해서 끼니 상을 차려 놓으니 그 자식들로부터, 아버지 하나님, 오늘도 귀하고 맛있는 음식을 마련해 주시어 감사합니다, 하는 식의 기도 소리를 들었을 때 그 아비의 심사가 아마 그와 같았을까. 아내의 그런 잦은 감사의 기도는 그 동안 아이와 아내 때문에 모든 것을 깡그리 바쳐 오다시피 한 나에겐 어떤 가벼운 배신감마저 느껴질 정도였다.

하지만 어쨌거나 우리의 기쁨은 이루 말을 할 수 없었다. 아

참신앙심 참된 신앙심.

내의 믿음과 자기 회복은 아내 자신뿐 아니라 나에게까지도 깊은 마음의 상처를 씻고 악몽에서 벗어나게 할 기회가 될 수 있었다. 적어도 나는 아내의 변화에서 그런 희망을 느낄 수 있었다.

그러나 그런 아내의 변화에 대한 희망과 기대는 그녀의 믿음의 인도자가 되고 있는 김 집사가 더했던 것인지도 모른다. 김 집사는 아내에게 용기를 얻은 듯 그녀의 신앙심을 한층 더 부추겨 나갔다. 김 집사는 아내에게 이제는 거기서 죄인을 용서할 수도 있어야 한다고 설득했다. 사람에겐 애초 남을 심판할 권리도 없지만, 그보다 주님을 영접하기 위해선 마음을 깨끗이 비워 내 놓아야 하며 심중에 원망과 미움을 조금이라도 남겨 두고 있으면 주님의 사랑과 은총이 임할 자리가 그만큼 좁아지게 마련이라 하였다. 그러니 차제에 그를 용서함으로써 마음속의 모든 원망과 분노와 미움과 저주의 뿌리를 뽑아내고 주님을 영광되게 영접하라 하였다. 아내에겐 바로 이때가 그래야 할 은혜로운 기회라 하였다.

"하나님의 깊은 섭리의 역사를 우리 인간으로는 참으로 헤아릴 수가 없다지 않았어요. 알암이의 슬프고 불행한 사고가 그 어머니에게 주님을 영접케 할 은총의 기회일 줄을 누가 알

인도자(引導者) 이끌어 지도하는 사람.
은총(恩寵) 기독교에서, 인류에 대한 하나님의 사랑.
차제(此際) (흔히 '차제에' 꼴로 쓰여) 때마침 주어진 기회.
역사(役事) 기독교에서, 하나님이 일함. 또는 그런 일.

았겠어요. 그건 모두가 이런 영광과 은총을 예비해 두고 계신 주님께서 우리를 단련시켜 맞이하시려는 사랑의 시험에 불과했던 거예요. 우리는 오히려 그것을 기쁨으로 감내했어야 할 일들이었지요. 그토록 오묘한 주님의 섭리와 사랑의 역사 앞에 우리가 어찌 알암이의 영혼의 구원을 믿지 않을 수 있겠어요. 죄인을 아주 용서하도록 하세요. 그게 틀림없이 주님의 뜻이며 기쁨이실 거예요."

김 집사는 알암이의 구원을 단언하며 아내의 '용서'를 간곡히 당부했다. 그것도 그저 한두 번이 아니고 틈이 있는 대로 끈질기게 계속했다. 하니까 아내도 그 동안 그만큼 마음의 자리가 생겨난 모양이었다. 그만큼 참신앙심이 싹을 트고 성장을 계속해 온 모양이었다.

아내는 갈수록 말씨나 표정이 부드러워져 가고 있었다. 생활도 어느 만큼 제 궤도로 돌아오고(범인의 재판이 끝나 갈 무렵부터 나는 혼자 다시 약국 문을 열고 있었는데, 언제부턴가는 아내가 이따금씩 그 가게로 나와 앉아 있기까지 하였다), 무엇보다도 마음이 잔잔하게 가라앉아 가고 있는 것 같았다. 범인에 대한 원망이나 저주를 입에 담는 일이 거의 없었다. 하더니 어느 날 아내는 마침내 긴 잠에서나 깨어난 듯한 얼굴로 나에게 조용히 물어 왔다.

궤도(軌道) 일이 발전하는 본격적인 방향과 단계.

"그 사람……. 그 가엾은 사람, 아직 사형이 집행되지 않고 있는 거지요……?"

아내도 뻔히 알고 있는 일이었지만, 그게 어쩌면 새삼 다행이라는 어조였다.

아내가 마침내 김 집사의 소망대로 그를 용서할 수 있게 된 것이었다. 이미 용서를 하고 있진 않았더라도, 그를 스스로 용서해야 한다고, 용서를 하고 싶어 하는 것이 분명했다. 그 저주스런 한 해가 거의 다 저물어 가던 12월 중순 무렵—, 알암이의 참사가 있은 지 꼬박 일곱 달여 만의 일이었다. 그리고 그 범인 김도섭의 사형이 확정되고, 아내가 다시 김 집사에게 인도되어 교회를 나다니기 시작한 지는 대충 2개월여 만의 일이었다.

4

사람에게는 사람만이 가야 하고 사람으로서 갈 수밖에 없는 길이 있는 모양이다.

그리고 사람에겐 사람으로 할 수 있고 할 수 없는 일이 따로 있는 모양이다.

아내가 범인 김도섭을 용서할 수 있게 된 것은 누구보다도 아내 자신을 위하여 다행스런 일이었다. 그러나 그것은 아내의 마음속에서 아내 자신이 그럴 수 있는 것으로 충분한 것이었다.

그 이상은 아내로선 필요한 일도 아니었고 소망을 해서도 안 되었다. 그랬더라면 아내는 적어도 자신의 구원의 길은 얻어 갈 수 있었을 것이었다.

그런데 아내는 쓸데없는 욕심을 부리기 시작했다. 그것이 아내의 마지막 비극을 불렀다. 다름 아니라 아내는 당돌스럽게도 자기 용서의 증거를 원했다. 더욱이 그것을 지금까지의 원망과 복수심의 표적이던 범인을 상대로 구하려 한 것이었다.

"제가 교도소로 면회를 찾아가서 그 사람을 한번 만나 봐야겠어요."

아내가 마음의 용서를 생각하고 나서 다시 열흘쯤 시일이 지나고 난 다음이었다. 이젠 날마다 약국을 나와 앉아 있곤 하던 아내가 어느 날 내게 문득 그런 말을 해 왔다. 아내가 자신의 마음속의 용서에 대해 상당한 확신을 얻고 있는 증거였다. 더욱이 그동안 그 일에 대해선 나름대로 꽤나 생각을 해 오고 있었던 어조였다. 이를테면 아내는 그것으로 마음을 깨끗이 정리할 수 있는 구체적인 계기를 삼고 싶어진 것이었다. 그를 찾아가서 직접 자신의 용서를 확인시켜 주어야 마음이 깨끗하고 편해지겠다는 것이었다. 한마디로 그에게서 자기 용서의 증거를 구하려는 것이었다.

그것은 물론 아내를 위해서나 사형수 김도섭을 위해서나 다 같이 필요한 일일지 몰랐다. 그러나 나는 왠지 거기 대해 선뜻 동의를 하고 나설 마음이 내키지 않았다. 아내가 어딘지 지나치고 있다는 느낌 때문이었다. 그 지나침만큼 아내가 거꾸로 불안스럽게 느껴졌기 때문이었다.

"글쎄, 당신이 그렇게까지 해야 할 필요가 있을까. 마음으로 그를 용서했으면 그만이지, 당신이 무슨 성자도 아니겠고……."

나는 막연히 아내를 만류했다. 하지만 한번 말을 꺼낸 아내는 좀처럼 생각을 바꾸려 하지 않았다. 그것이 마치 그녀가 주님을 옳게 영접할 무슨 불가피한 마음의 빚이기라도 하듯, 그래 반드시 그것을 자신이 감당해 내야만 할 일이듯 날이 갈수록 마음이 그쪽으로 확고하게 굳어 갔다. 사실은 아내가 어쩌면 아직도 자신을 옭아맬 스스로의 증거가 필요했던 것인지도 모른다.

하고 보니 아내에 대한 나의 동의 여부는 처음부터 크게 상관될 일이 아니었다. 아내가 내게 그것을 말한 것도 나와 그 일을 의논하재서가 아니었다. 그런 일에 관한 한 아내의 진짜 의논 상대는 내가 아닌 김 집사였다. 내게 의사를 내비친 바로 그때부터 아내는 김 집사와 계속 그 일을 함께 의논해 온 모양이었다.

어느 날 김 집사가 아내 몰래 약국으로 나를 조용히 찾아왔다. 그녀가 전에 없이 나를 따로 찾아온 것은 이번에는 김 집사도 내

성자(聖者) 거룩한 신도나 순교자를 이르는 말.
만류하다(挽留--) 붙들고 못 하게 말리다.

심 그 일에 자신이 썩 덜하다는 증거였다. 아닌 게 아니라 김 집사 역시 아내가 아직도 마음이 흔들리고 있는 것 같다 하였다.

"이 일은 아무래도 알암이 아빠하고도 의논을 해 봐야 할 일 같아서요. 애 엄마 마음이 어딘지 아직도 흔들리고 있는 것 같아서 예기찮은 충격을 받을 수도 있거든요."

그러나 김 집사는 신앙심이 깊은 사람답게 확신을 가지고 있었다. 그녀는 그렇더라도 그것이 아내에겐 어차피 필요한 고비가 아니겠느냐고 나의 동의를 구해 왔다.

"알암이 엄마에겐 그런 자기 확신의 계기가 필요한 점도 있지만, 무슨 다른 일이 생기지 않도록 저도 함께 따라가서 도와 드릴 테니까요. 제가 가서 곁에 함께 있어 주면 별다른 일은 없을 거예요. 그리고 새삼스런 충격만 안 받는다면, 자기 용서에 대한 확신까지는 몰라도 손해를 볼 일도 없을 테니까요. 선생님께서 괜찮다고 하시면 제가 한번 기회를 만들어 보겠어요. 제 힘으로 일이 어려우면 저희 목사님의 힘을 빌릴 수도 있으니까요."

나로선 그저 기분으로 막연히 반대를 하고 나설 수가 없었다. 아내를 거기까지 인도해 온 데는 누구보다 김 집사의 도움이 컸을 뿐 아니라, 아내에게 그것이 어차피 필요한 고비라면

예기찮다(豫期--) 예기치 않다. '예기하다'는 '앞으로 닥쳐올 일에 대하여 미리 생각하고 기다리다'라는 뜻으로, 주로 '예기치 못하다', '예기치 않다' 꼴로 쓰인다.
고비 일이 되어 가는 과정에서 가장 중요한 단계나 대목. 또는 막다른 절정.

이번 일도 모든 걸 그 김 집사에게 맡겨 두고 따르는 수밖에 없었다.

"아무쪼록 집사님만 믿겠습니다."

여전히 한 가닥 불안스런 의구심을 금할 수 없으면서도 나는 그쯤 일을 결정짓고 말았다. 아내의 일에선 어쨌거나 늘 김 집사의 판단이 옳았던 편인데다 이제 와선 그녀에 대한 아내의 믿음이 절대적인 것처럼 보였기 때문이다.

그런데 알고 보니 그것이 경솔하고 안이한 생각이었다. 아내와 인간 의지의 한계를 이해하지 못한 무책임한 처사였다. 그녀가 애초 자신이 덜해 보였던 대로 이번에는 그 김 집사의 처결이 엉뚱한 결과를 낳고 만 것이었다. 나의 한 가닥 꺼림칙스런 불안감이 무참스런 현실로 나타나고 만 것이었다.

아내의 면회는 의외로 쉽사리 기회가 마련됐다. 김 집사가 한 며칠 자기 교회의 목사님을 앞세우고 이곳저곳 유관 기관들을 쫓아다니는 듯싶더니 어렵지 않게 기회를 만들어 내었다. 그래 아내는 마침내 김 집사의 주선으로 사형수 김도섭의 면회를 나서기에 이르렀다. 그것이 마침 성탄절 분위기가 고비에 올라

의구심(疑懼心) 믿지 못하고 두려워하는 마음.

안이하다(安易--) 너무 쉽게 여기는 태도나 경향이 있다.

처결(處決) 결정하여 조처함.

유관(有關) 관계나 관련이 있음.

기관(機關) 사회생활의 영역에서 일정한 역할과 목적을 위하여 설치한 기구나 조직.

주선(周旋) 일이 잘되도록 여러 가지 방법으로 힘씀.

선 12월 23일의 일이었다.

그런데 사실은 그게 아내의 마지막 파국의 발길이었다.

사형수 김도섭의 면회를 다녀오고 나서 아내는 모든 것이 다시 허사가 되고 말았다. 면회를 다녀온 그날부터 아내는 다시 열병 환자처럼 머리를 싸매고 자리에 눕고 말았다. 그리고 멍하니 넋이 나간 눈으로 혼자 고뇌에 시달렸다. 그간의 모든 치유의 효과가 거품이 된 듯 참담스런 절망감이 되살아나 있었다. 그나마 그간의 신앙심의 끈만은 놓아 버릴 수가 없었던 때문이었는지도 모른다. 이번에는 전날처럼 저주 어린 복수심이나 분노의 감정 같은 것도 찾아볼 수 없었다. 그저 망연스런 자기 상실감 속에 바닥 모를 절망감만 짓씹고 있었다. 분노도 복수심도 잊어버린 아내는 심신이 온통 절망 덩어리 그 자체였다.

나는 도대체 아내가 그를 만나 무엇이 어떻게 됐는지 알 수가 없었다. 아내와 그 사이에 무슨 일이 있었느냐 해도 아내는 입을 열어 말을 하려 하지 않았다. 아내는 아예 말을 하는 것조차도 귀찮고 부질없어하는 것 같았다. 거기다 아내는 음식조차 거의 입에 대려지 않았다. 자신과 자기 밖의 모든 걸 포기해 버린 사람의 형국이 분명했다.

파국(破局) 일이나 사태가 잘못되어 결딴이 남.

고뇌(苦惱) 괴로워하고 번뇌함.

　번뇌(煩惱) 마음이 시달려서 괴로워함. 또는 그런 괴로움.

망연스럽다(茫然---) 아무 생각이 없이 멍한 데가 있다.

형국(形局) 어떤 일이 벌어진 형편이나 국면.

도대체 영문을 알 수가 없었다. 김 집사에게서도 까닭을 알아낼 수가 없었다. 나는 하다못해 김 집사를 다시 만나 그녀에게 그날의 자초지종을 물었다. 그러나 그날의 일에 대해서만은 김 집사도 아내를 이해하지 못했다.

"그를 만났을 땐 아무 일이 없었어요. 면회는 일단 무사히 끝났으니까요."

작자가 아직도 아내의 용서를 받아들일 수 없을 만큼 뻔뻔하고 포악스럽게 굴고 나섰던 게 아니냐는 나의 물음에 김 집사는 오히려 그 반대였다 하였다.

"흉악스럽기는커녕 그 사람은 자신의 모든 잘못을 순순히 시인하고 애 엄마에게 간절한 용서를 빌었어요. 용서를 빌었다기보다 애 엄마의 책벌을 자청하고 나섰지요. 그것으로 애 엄마의 마음의 위로가 될 수만 있다면 자기가 저지른 죄과에 대해 어떤 책벌도 기꺼이 감수하겠노라구요. 그게 그 사람의 진심이었던 것이 그 사람도 이미 주님을 영접하여 주님의 뜻을 따르고 있었거든요."

영문 (의문이나 부정을 나타내는 말과 함께 쓰여) 일이 돌아가는 형편이나 그 까닭.
자초지종(自初至終) 처음부터 끝까지의 과정.
포악스럽다(暴惡---) 보기에 사납고 악한 데가 있다.
책벌(責罰) 저지른 잘못이나 죄를 꾸짖어 벌을 줌. 또는 그 벌.
자청하다(自請--) 어떤 일에 나서기를 스스로 청하다.
죄과(罪科) 죄와 허물을 아울러 이르는 말.

그는 이미 주님의 이름으로 자신의 모든 죄과를 참회하고 그 주님의 용서와 사랑 속에 마음의 평화를 누리고 있었다 하였다. 뿐더러 그는 참회의 증표와 주님의 사랑에 대한 보답으로 사후의 신장과 두 눈알을 다른 사람에게 바칠 약속까지 해 놓고 있었다 하였다. 그는 그만큼 평화로운 마음으로 오히려 이 세상에서의 자신의 마지막 날을 기다리고 있었다 하였다.

"그것이 그에게는 주님 곁으로 가는 날이니까요. 그는 그것을 진심으로 믿고 기쁜 마음으로 기다리고 있었어요. 그것으로 그는 주님의 사함을 받은 것이었지요. 그리고 누구보다 깨끗한 영혼으로 주님의 인도를 따르고 있는 것이었지요."

김 집사는 그러면서 그의 영혼이 이미 주님의 용서를 받은 이상, 그는 아내와도 똑같은 여호와 하나님의 사랑 안에 있는 아들딸이 된 것이라 하였다. 그래서 그는 같은 아버지의 형제 자매로서 아내의 어떤 저주나 복수도 용서할 각오가 되어 있었다고 하였다. 더욱이 아내의 용서에 대해서는 진정으로 목이 말라 있었을 거라 하였다. 그만큼 아내의 마지막 용서가 필요한 사람이었다고도 하였다. 그런데 아내는 막상 그를 만나고 나선 그를

참회하다(懺悔--) (종교에서) 신이나 부처 앞에서 자기의 죄를 회개하고 용서를 빌다.
증표(證票) 증명이나 증거가 될 만한 표.
신장(腎臟) 콩팥. 체내에 생긴 불필요한 물질을 몸 밖으로 배출하고 체액의 성분이나 양을 일정하게 유지하는 작용을 한다.
사하다(赦--) 지은 죄나 허물을 용서하다.
여호와 기독교에서, 구약 성경에 나오는, 이스라엘 민족의 유일신.

용서하지 못하더라는 것이었다.

"전 애 엄말 이해할 수가 없었어요. 아니 차라리 실망감을 금치 못했지요. 알암이 엄마가 마음속에서 아직 그를 용서하지 못하고 있는 걸 알았기 때문이었지요. 알암이 엄만 아직도 주님에 대한 믿음이 그토록 부족했던 거예요."

김 집사는 아내가 그를 용서하지 못한 것이 믿음이 모자란 때문이라 단정했다. 그리고 이미 주님의 사함을 받고 있는 사람을 용서하지 못한 아내를 나무랐다. 이미 마음속에 주님을 영접하고, 그래 스스로 용서의 발길을 나섰던 아내가 아직도 숨은 원망을 남기고 있는 것을 김 집사는 도대체 이해할 수가 없다고 하였다.

그러나 그 김 집사로서도 아내의 새삼스런 절망에 대해선 더 깊은 내력을 알 수가 없댔다. 현장을 함께하고 온 김 집사가 그러니 나로선 더욱이 그것을 이해하거나 위로할 길이 없었다. 김 집사의 그런 설명을 듣고 나선 아내의 절망이 더욱더 어려운 수수께끼가 되어 갔다. 아내는 어째서 그를 용서하지 못했을까. 아내는 스스로 그를 용서하기 위해 그를 만나러 갔던 것이 아닌가. 그리고 그는 이미 자신을 참회하고 아내의 용서를 고대하고• 있었다지 않은가. 그런 사내 앞에 아내는 무엇 때문에 저토록 절망을 하고 돌아온 것인가…….

고대하다(苦待--) 몹시 기다리다.

그러나 그 모든 수수께끼의 해답은 너무도 가까운 곳에 있었다. 아니 그것은 김 집사의 비난 섞인 설명 속에, 그것을 들을 때의 나의 알 수 없는 배신감 어린 기분 속에 이미 분명한 것이 말해지고 있었다. 나는 김 집사의 이야기에서 그녀를 충분히 수긍하면서도• 한편으로는 어떤 표적이 불분명한 배신감 같은 것을 느끼고 있었던 게 사실이다. 바로 그 막연한 배신감 속에 수수께끼의 해답이 숨어 있었다. 한데도 나는 미몽• 속에 그것을 스스로 깨달을 수가 없었던 것뿐이었다.

한데 며칠 뒤에 나는 그것을 깨닫게 되었다. 그리고 비로소 아내의 절망이 어디에서 비롯된 것인지를 알아차리게 되었다. 다름 아니라 나는 이날에야 비로소 내 까닭 없는 배신감의 정체를 깨달은 때문이었다.

한편 생각해 보면 그 역시도 김 집사의 덕분인 셈이었다. 김 집사는 참으로 그 신앙심만큼 이웃에 대한 사랑이 깊은 사람이었다. 그 신앙심과 사랑만큼 사명감•이 투철하고 끈질긴 사람이었다. 김 집사는 아내를 단념하지 않았다. 어떻게든지 아내를 부축하여 그의 믿음을 다시 회복시켜 놓으려 하였다. 그리고 그를 마음으로부터 용서하는 자기 사랑의 고비를 감당시키려 하였다.

수긍하다(首肯--) 옳다고 인정하다.
미몽(迷夢) 무엇에 홀린 듯 똑똑하지 못하고 얼떨떨한 정신 상태.
사명감(使命感) 주어진 임무를 잘 수행하려는 마음가짐.

김 집사는 매일 아내를 찾아왔다. 그리고 성심껏 아내를 위로하고 용기를 북돋웠다.

아내는 여전히 말을 잃은 상태였고, 위로와 설득은 김 집사 혼자서 일방적인 식이었다. 그러던 어느 날, 아내가 마침내 그 김 집사의 끈질긴 설득 끝에 모처럼 다시 입을 열고 나섰다. 그게 바로 아내의 절망에 관한 비밀의 열쇠였다.

"집사님은 모르세요. 집사님처럼 신앙심이 깊은 사람은 오히려 몰라요. 나는 집사님처럼 믿음이 깊어질 수가 없어요. 그래서 오히려 인간을 알 수 있고 그 인간 때문에 절망을 할 수밖에 없는 거예요."

그 며칠간은 늘 그래 왔듯이 아내가 이번에는 전혀 김 집사의 설득을 받아들이려 하지 않았다. 김 집사를 믿고 따르려기는커녕 오히려 그녀를 힐난하고• 나섰다. 아내는 그 기나긴 침묵 속에 어떤 확신을 굳히고 있었던 듯 절망적으로 울부짖었다.

"저도 집사님처럼 그를 용서해야 한다고 생각은 했어요. 그래 교도소까지 그를 찾아갔구요. 그러나 막상 그를 만나 보니 그럴 수가 없었어요. 그건 제 믿음이 너무 약해서만은 아니었어요. 그 사람이 너무 뻔뻔스럽게 느껴져서였어요. 사람이 어떻게 그럴 수가 있어요. 그 사람은 내 자식을 죽인 살인자예요. 살인자가 그 아이의 어미 앞에서 어떻게 그토록 침

힐난하다(詰難--) 트집을 잡아 거북할 만큼 따지고 들다.

착하고 평화스런 얼굴을 할 수가 있느냔 말이에요. 살인자가 어떻게 성인● 같은 모습으로 변할 수가 있느냐 그 말이에요. 절대로 그럴 수는 없는 일이에요. 그럴 수가 없기 때문에 전 그를 용서할 수가 없었던 거예요."

"알암이 엄마, 그 사람은 애 엄마 앞에서 뻔뻔스러워 그런 얼굴을 한 게 아니에요. 알암이 엄마도 들었지 않아요. 그 사람은 이미 영혼 속에 주님을 영접하고 있었던 거예요. 그것으로 주님의 사함을 얻고 있었던 거예요. 그래 그토록 마음과 얼굴이 평화스러웠던 거예요."

김 집사가 아내의 비뚤린 생각을 바로잡아 주려고 애를 썼다. 하지만 아내는 승복하지● 않았다. 자연히 두 사람은 똑같이 언성이 높아지고 심한 말다툼조가 되어 갔다.

"그래요. 내가 그 사람을 용서할 수 없었던 것은 그것이 싫어서보다는 이미 내가 그러고 싶어도 그럴 수가 없게 된 때문이었어요. 집사님 말씀대로 그 사람은 이미 용서를 받고 있었어요. 나는 새삼스레 그를 용서할 수도 없었고, 그럴 필요도 없었어요. 하지만 나보다 누가 먼저 용서합니까. 내가 그를 아직 용서하지 않았는데 어느 누가 나 먼저 그를 용서하느냔 말이에요. 그의 죄가 나밖에 누구에게서 먼저 용서될 수가

성인(聖人) 지혜와 덕이 매우 뛰어나 길이 우러러 본받을 만한 사람.
승복하다(承服--) 납득하여 따르다.

있어요? 그럴 권리는 주님에게도 있을 수가 없어요. 그런데 주님께선 내게서 그걸 빼앗아가 버리신 거예요. 나는 주님에게 그를 용서할 기회마저 빼앗기고 만 거란 말이에요. 내가 어떻게 다시 그를 용서합니까."

아내가 이번엔 좀 더 깊은 자신의 진실과 원망을 털어놓았다. 하지만 김 집사는 그 아내의 아집을 꺾는 데만 정신이 쏠려 그것을 제대로 이해하지 못했다. 김 집사는 사람과 하나님 사이에서 원망스럽도록 하나님의 역사만을 고집했다.

"아버지 여호와께서는 그러실 수가 있습니다. 그것이 당신의 섭리의 역사입니다. 우리는 당신의 깊으신 뜻을 모두 알 수가 없습니다. 우리는 무조건 당신의 뜻을 따라 복종을 해나갈 의무밖에 없습니다. 용서도 마찬가집니다. 주님께서 그를 용서하셨다면 우리도 그를 용서해야 합니다. 그것이 전지전능하신 주님의 종이 된 우리 인간들의 의무인 거니까요. 알암이 엄마도 그날 똑똑히 들었지만, 그는 애 엄마의 어떤 원망이나 책벌이라도 달게 받을 각오라고 말하지 않았어요. 그건 그가 이미 주님의 사함 속에 죽음을 두려워하지 않는 영혼의 평화를 얻고 있는 증거였어요. 그래서 그는 애 엄마의 어떤 원망이나 증오도 달갑게 감수하고, 그걸 용서할 수

아집(我執) 자기중심의 좁은 생각에 집착하여 다른 사람의 의견이나 입장을 고려하지 아니하고 자기만을 내세우는 것.

가 있었던 거예요."

"그가 나를 용서한다구요? 게다가 주님께선 그를 먼저 용서하시구……. 하긴 그게 아마 사실일지도 모르겠어요. 그래서 나는 질투 때문에 더욱더 절망하고 그를 용서할 수가 없었을 거예요. 하지만 그것이 과연 주님의 뜻일까요? 당신이 내게서 그를 용서할 기회를 빼앗고, 그를 먼저 용서하여 그로 하여금 나를 용서케 하시고……. 그것이 과연 주님의 공평한 사랑일까요. 나는 그걸 믿을 수가 없어요. 그걸 정녕 믿어야 한다면 차라리 주님의 저주를 택하겠어요. 내게 어떤 저주가 내리더라도 미워하고 저주하고 복수하는 인간으로 살아가겠다는 말이에요 ……."

아내는 마침내 마지막 절망을 토해 내고 있었다. 하지만 김 집사는 이제 그 가엾은 아내 속에서 질식해• 죽어 가는 인간을 보려 하지 않았다. 그녀는 아내의 무참스런 파탄• 앞에 끝끝내 그 주님의 엄숙한 계율•만을 지키려 하고 있었다. 그녀는 이제 차라리 주님의 대리자처럼 아내를 강압했다•.

"벌써 몇 번씩 되풀이한 말이지만, 그게 바로 아버지 하나님의 숨은 섭리의 역사이신 거니까요. 주님께선 아마 그를 통하

질식하다(窒息--) 숨통이 막히거나 산소가 부족하여 숨이 쉬어지지 아니하다.
파탄(破綻) 일이나 계획 따위가 원만하게 진행되지 못하고 중도에서 잘못됨.
계율(戒律) 지켜야 할 규범.
강압하다(强壓--) 강한 힘이나 권력으로 강제로 억누르다.

여 알암이와 알암이 엄마의 영혼을 함께 구원하실 뜻이셨을 거예요. 이제 와서 굳이 그를 용서하는 것은 이미 주님의 사함을 받은 그 사람을 위하는 일이 아니라, 알암이와 알암이 엄마 자신을 위해서 자신들의 영혼에 필요한 일일 테니 말이에요. 알암이 엄만 무엇보다 그걸 아셔야 해요. 알암이 엄마한텐 그 길밖에 없어요. 주님의 종으로서 우리에게 이미 씌워진 굴레는 누구도 마음대로 다시 벗어던질 수가 없는 거니까요. 그것은 또 다른 무서운 재앙을 불러들이는 일일뿐이에요."

"아아…… 그러면 나는, 나는……."

아내는 마침내 처절스런 탄식 끝에 말을 잃고 말았다.

그리고 그것으로 이날의 엉뚱스런(그러나 아내에겐 그의 삶의 마지막 구원과 승패가 걸려 있었을) 논쟁은 끝이 났다. 하지만 나는 이제 그것으로 아내의 그간의 지옥 같은 절망의 정체를 알아차릴 수 있었다. 비로소 그 참담스런 절망의 뿌리를 들여다볼 수 있게 된 것이었다. 아내는 한마디로 그의 주님으로부터 용서의 표적을 빼앗겨 버린 것이었다. 그리고 그의 용서의 기회를 잃어버린 것이었다. 아내에겐 이미 원망뿐 아니라 복수의 표적마저 사라지고 없었다. 뿐만 아니었다. 그녀가 용서를 결심하고 찾아간 사람이 그녀에 앞서서 주님의 용서와 구원의 은혜를 누리고 있었다. 아내와 알암이의 가엾은 영혼은 그 사내의 기구•(난들

기구(祈求) 원하는 바가 실현되도록 빌고 바람.

어찌 그것을 용서라고 말할 수 있으랴)를 통하여 주님의 품으로 인도될 수가 있었다. 아내의 배신감은 너무도 분명하고 당연한 것이었다. 그리고 그 절망감은 너무도 인간적인 것이었다.

5

그러나 아내의 절망감과 파탄은 거기서도 아직 다한 것이 아니었다. 보다 더 절망스런 아내의 파탄은, 그렇다고 그녀가 다시 인간의 복수심을 선택할 수도 없다는 데에 있었다. 그것은 물론 김 집사의 강압이나 협박 때문이 아니었다. 아내는 이미 스스로 용서를 결심하고 그를 찾아갔을 만큼의 믿음을 지니고 있었다. 그만큼은 스스로도 믿음과 사랑의 계율을 익히고 있었다. 그 참뜻과 가치를 깨닫고 있었다. 이제 와서 아내가 그것을 버리는 것은 아내 자신을 버리는 일이었다. 아내는 그것을 버릴 수가 없었다. 그렇다고 자신 속의 '인간'을 부인하고 주님의 '구원'만을 기구할 자신도 없었다. 그러기엔 주님의 뜻이 너무도 먼 곳에 있었고 더욱이 그녀에겐 요령부득의 것이었다.

아내의 심장은 주님의 섭리와 자기 '인간' 사이에서 두 갈래

부인하다(否認--) 어떤 내용이나 사실을 옳거나 그러하다고 인정하지 아니하다.
요령부득(要領不得) 말이나 글 따위의 가장 중요한 부분을 파악하여 알 수가 없음.

로 무참히 찢겨 나가고 있었다.⚜

하지만 아내는 김 집사 앞에 거기까지는 아예 말을 하지 않았다. 말할 필요가 없었기 때문일 터였다. 왜소하고 남루한• 인간의 불완전성 —, 그 허점과 한계를 먼저 인간의 이름으로 아파할 수 없는 한 김 집사로서도 그것은 불가능할 일이었다.

아내가 지금까지 내게 입을 다물어 온 것도 바로 그 때문이었다. 그 무서운 고통과 절망이 입조차 열 수 없게 해 온 것이었다.

하지만 나는 이제 겨우 그 아내의 절망을 이해할 수 있었다. 그리고 비록 아이를 잃은 아비가 아니더라도 다만 저열하고• 무명한• 인간의 이름으로 그녀의 아픔만은 함께할 수가 있을 것 같았다.

하기로서니 그것이 그 가엾은 아내에게 무슨 소용이 있었으랴. 그리고 그 절망스런 고통을 덜어 주고 아내를 파탄에서 구해 내기 위해 더 이상 무슨 일을 할 수가 있었으랴. 나는 그런 아내를 알고서도 속수무책•으로 그녀를 지켜보고 있었을 뿐이었다. 그리고 부질없이 아내를 맴돌면서 안타깝게 마음만 앓고 있었을 뿐이었다. 그것이 어차피 아내가 넘어서야 할 삶과 믿음

⚜ 아내의 심장은 ~ 무참히 찢겨 나가고 있었다 기독교의 가르침과 인간적인 감정 사이의 갈등으로 인해, 아내의 정신이 파탄을 맞고 있었다는 의미이다.

남루하다(襤褸--) 옷 따위가 낡아 해지고 차림새가 너저분하다. 여기에서는 '초라하고 너절하다' 의 의미로 쓰임.

저열하다(低劣--) 질이 낮고 변변하지 못하다.

무명하다(無名--) 이름이 없거나 이름을 알 수 없다. 여기에서는 '보잘것없다' 의 의미로 쓰임.

속수무책(束手無策) 손을 묶은 것처럼 어찌할 도리가 없어 꼼짝 못함.

의 고갯마루라던 김 집사의 조언을 믿고 있는 때문이었던가. 그리고 그것이 아내 스스로가 이기고 일어서야 할 자기 몫의 고통이라 여긴 때문이었을까……. 아니 물론 그것은 아니었다. 김 집사는 아직도 물론 그렇게 생각하고 있었다. 그래 아직도 아내를 찾아다니며 '아버지'의 섭리와 완벽한 사랑을 설교했다. 그리고 아내의 신앙심의 회복과 주님의 종으로서의 용기를 부추겼다.

하지만 나는 그럴 수가 없었다. 내게는 다른 힘이 없었기 때문이었다. 아내가 그럴 수 있다고 믿지도 않았다. 내게는 다만 그 아내의 절망과 아픔을 안타까워하면서 귀에도 들어가지 않을 부질없는 소리들로 그녀의 심사만 어지럽혀 댔을 뿐 다른 위로의 길이 없었기 때문이었다.

아내는 과연 마지막 절망 속에 자신을 힘없이 내맡겨 버리고 있었다. 김 집사나 나의 어떤 소리도 도대체 의식에 닿는 일이 없는 것 같았다. 그날 이후로 다시 입을 까맣게 다물어 버린 아내는 물 한 모금을 제대로 마신 일이 없었다.

하지만 아아, 아내의 그 절망과 고통의 뿌리가 어디까지 닿아 있는지를 차마 짐작이나 했을 것인가. 아내는 결국 그러다 스스로 목숨을 끊어 버린 것이었다. 그리고 그것으로 인간이고 섭리고 모든 것을 포기하여 절망의 뿌리를 끊어 버린 것이었다.

그 사람 김도섭의 사형 집행 소식이 아내를 거기까지 자극했었는지도 모른다.

해가 바뀌고 2월로 접어들어 김도섭은 마침내 교수형이 집행됐고, 그 소식이 라디오에까지 방송된 때문이었다. 그리고 그때 김도섭이 마지막으로 남기고 간 몇 마디는 내게까지 어떤 새삼스런 배신감으로 몸이 떨려 견딜 수 없었을 정도였다.

"이제 와서 제가 왜 죽음을 두려워하겠습니까. 제 영혼은 이미 아버지 하나님께서 사랑으로 거두어 주실 것을 약속해 주셨습니다. 영혼뿐 아니라 제 육신의 일부는 이 땅에서 다시 생명을 얻어 태어날 것입니다. 저는 저의 눈과 신장을 살아 있는 형제들에게 맡기고 가니까요."

형장에서 그가 마지막으로 남기고 간 말이었다.

"다만 한 가지 여망이 있다면 저로 하여 아직도 고통을 받고 있는 사람들의 영혼에도 주님의 사랑과 구원이 함께 임해 주셨으면 하는 기원뿐입니다. 저는 그분들의 희생과 고통을 통하여 오늘 새 영혼의 생명을 얻어 가지만, 아이의 가족들은 아직도 무서운 슬픔과 고통 속에 있을 것입니다. 저는 지금이나 저세상으로 가서나 그분들을 위해 기도할 것입니다. 아이의 영혼을 저와 함께 주님의 나라로 인도해 주시고 살아남아 고통 받는 그 가족 분들의 슬픔을 사랑으로 덜어 주고 위로해 주십사고 ……."

형장(刑場) 사형장.
여망(餘望) 남은 소망.
저세상 저승. 죽은 후에 가는 세상.

그간에도 거기 늘상 신경을 곤두세우고 지내 온 때문이었을 것이다. 해가 뜨는지 지는지도 모르고 천장만 쳐다보고 누워 지내던 아내가 이날따라 하필이면 라디오를 켜 놓고 그 몹쓸 뉴스를 모두 들어 버린 것이었다.

그것이 지난 2월 5일 저녁 무렵의 일이었다.

그리고 바로 그 이틀 뒤, 아내도 끝내는 더 견디지를 못하고 제 손으로 혼자 약을 마셔 버린 것이었다. 자기를 끝까지 돌보아 온 김 집사에게는 물론 내게마저 유서 한 조각 남기지 않은 채였다.

■ 「외국문학」(1985. 6) ; 『이청준 문학전집 – 벌레 이야기』(열림원, 2002)

등장인물 들여다보기

아내

작품의 주인공으로서, 아이를 잃은 어머니의 인간적인 감정과 종교적 신앙 사이에서 갈등하다 자살을 택한 인물입니다.

그녀가 처음에 교회에 다니게 된 것은 오직 아이를 위해서였습니다. 그녀는 아이가 실종되자 지푸라기라도 잡는 심정으로 교회에 다니기 시작했고, 아이가 싸늘한 주검으로 돌아오자 아이 영혼의 구원을 위해 기도에 몰두했습니다. 그러다 차츰 신앙심이 생기기 시작하여 범인을 마음속으로 용서하고자 하지만, 이미 하나님으로부터 용서를 받았다는 범인의 평온한 모습을 대한 후에 심한 내적 갈등을 겪게 됩니다. 결국 그녀는 범인이 교수형에 처해지기 전 마지막으로 남긴 말을 들은 후 끝내는 더 견디지를 못하고 스스로 목숨을 끊고 맙니다.

김 집사

주인공의 조력자 역할을 하는 인물로서, 작품 속에서 종교적 신앙을 대표하는 인물입니다.

그녀는 절망에 빠진 아내를 교회로 이끌었으며, 아내가 범인에 대한 증오와 복수심으로 자신을 망가뜨리고 있을 때에 그를 용서해야 한다고 설득합니다. 그러나 그녀는 아이를 잃은 어머니의 깊은 절망과 슬픔을 이해하지 못하며, 마치 모범 답안을 제시하듯이 기독교 교리가 가르치는 바를 전할 뿐이었습니다. 이런 점 때문에 그녀는 아내를 절망과 파탄에서 구하지 못하고, 오히려 아내를 파멸로 이끈 셈이 되고 말았습니다.

주산 학원 원장

'나'의 아이와 아내 모두를 죽게 한 인물입니다.

그는 아이를 유괴하여 살해함으로써 아내를 비탄과 절망에 빠지게 했습니다. 뿐만 아니라 종교적 신앙을 가짐으로써 다시 한 번 아내를 절망하게 하여 결국 아내가 자살에 이르게 합니다. 기독교를 받아들임으로써 신으로부터 용서와 구원을 받았다는 그의 평온한 모습이, 아내로 하여금 증오라는 인간적 감정과 용서라는 종교적 가르침 사이에서 극도의 갈등을 겪게 만든 것이지요.

나

주인공의 남편으로서 그녀를 가까이에서 살피는 관찰자이자 작품의 화자입니다.

부모로서 아이의 실종과 죽음을 아내와 함께 겪지만, 작품 속에서 그의 감정은 전면에 나타나지 않으며, 시종일관 담담하고 차분하게 사건을 객관적으로 관찰하여 서술합니다. 결말 부분에서는 '나'의 생각을 통해 아내의 내적 갈등이 가지는 의미가 해석되기도 합니다. 작품의 등장인물로서의 역할보다 작가를 대신하는 화자라는 역할의 비중이 더 크다고 볼 수 있습니다.

• 작품 Q&A

"선생님, 궁금해요!"

Q 이 작품의 배경에 대해 설명해 주세요.

A 이 작품은 1985년 6월에 발표되었습니다. 작품의 공간적 배경은 재개발 사업이 진행되던 어느 도시이고, 시대적 배경은 당시의 현재인 1985년 무렵입니다. 도시 재개발 사업과 주산 학원 등을 통해 당시의 시대상이 나타나기도 하지만, 이 작품 속의 사건에 시대적 배경이 미치는 영향은 아주 작다고 할 수 있겠습니다.

한편, 작가는 2007년에 쓴 작가 서문에서 이 작품이 실제로 있었던 사건을 배경으로 하고 있다고 밝혔습니다. 유괴범이 사형을 당하기 전에 남긴 말을 신문 기사에서 읽고, 작가 자신이 큰 충격을 받았다는 것입니다.

> 작품을 쓰기 얼마 전 서울의 한 동네에서 어린이 유괴 살해 사건이 있었다. 범인은 결국 붙잡히고, 재판을 거쳐 사형수로 집행을 기다리는 신세가 됐지만, 아이를 잃은 부모의 슬픔과 고통은 굳이 이를 바 없는 일이었다. 그런데 범인이 형 집행 전 마지막 남긴 말이 '나는 하나님의 품에 안겨 평화로운 마음으로 떠나가며, 그 자비가 희생자와 그 가족에게도 베풀어지기를

빌겠다.' 라는 요지였다. 기억이 정확하지 않겠지만, 내게는 그 말이 그렇게 들렸고, 그것은 내게 그 참혹한 사건보다 더 충격이었다. －『밀양 — 벌레 이야기』(열림원, 2007)

작가가 말하는 실제 사건이란 1980년 서울에서 있었던 유괴 살해 사건과 그 범인의 이후 행적으로 보입니다. 어떤 교사가 자신의 학교 제자를 유괴하여 살해하고 1년 만에 검거되었는데, 사형이 확정된 그는 1983년 기독교에 귀의한 후에 평온한 태도로 교수대에 올랐고, 안구와 콩팥 등의 장기를 기증하기도 했던 일이 있습니다. 그 일은 신문에 크게 보도되었고요.

이 작품은 이렇게 실제로 있었던 유괴 살해 사건과 사형수의 기독교 귀의 등을 그대로 담고 있지만, 작품 속의 사건을 알레고리(allegory : 어떤 것을 말하려는 의도를 가지고 이와 다른 어떤 것을 말함으로써, 둘 사이의 유사성을 통해 실제 주제를 나타내는 표현 방법)로 해석하기도 합니다.

Q 아이를 죽인 범인은 죗값을 치렀는데요, '나'의 아내는 왜 스스로 목숨을 끊은 것인가요? 무엇이 그녀를 절망하게 한 것인가요?

A 범인이 잡힌 후에 아내는 처절한 복수심에 사로잡혀 지냈습니다. 범인의 눈깔을 뽑고 생간을 꺼내어 씹고 싶다는, 아이가 당한 것처럼 손목을 뒤로 묶고 목을 졸라 땅바닥에 묻고 싶다는 그 복수심은 섬뜩하게 느껴지지만 또 한편 인간으로서 당연히 느끼는 감정일 것입니다.

그런 아내에게 김 집사는 범인을 용서할 수 있어야 한다고 말하지요. 그녀는, 인간에게는 다른 사람을 심판할 권리가 없으며 오직 남을 용서할 의무뿐이라 말합니다. 그리고 마침내 아내도 그 종교적 가르침을 받아들여 범인을 용서하고자 노력합니다. 아이의 영혼이 구원될 것이라고 믿음으로써 마음의 평안을 찾았고, 그것은 저주와 복수심에서 어느 정도 해방되었기에 가능했던 일이지요.

그러나 그녀는 마음 깊은 곳에서까지 완전히 범인을 용서하지는 못했던 듯합니다. 그녀에게 필요했던 것은 스스로 그를 용서한다는 그녀만의 어떤 의식이었는지도 모릅니다.

그런데 범인은 아내의 용서 이전에 이미 기독교에 귀의해서 신으로부터 용서를 받았노라고 말하지요. 그는 이미 한없이 평온한 얼굴로 마음의 평화를 누리고 있었습니다. 심지어 그는 아내가 자신을 어떤 말로 저주하더라도 그것을 용서할 각오가 되어 있다고 말합니다. 그의 태도가 아무리 종교적 믿음의 당연한 결과라 해도, 그의 말이 아무리 종교적 가르침에 충실한 것이라 해도, 아내는 그의 말과 태도를 도저히 받아들일 수 없었습니다. 그것은 아내가 신앙인이기 전에 인간이었기 때문입니다.

아이를 잃은 어머니로서 도저히 극복할 수 없었던, 인간의 마음이 가질 수밖에 없는 그 한계를 그녀가 받아들인 종교적 가르침은 인정하지 않았습니다. 그래서 아내는 인간의 마음과 종교적 가르침 사이에서 갈등하고 번민하였습니다. 그런 상황에서 마침내 범인의 사형이 집행되자, 이제 복수도 용서도 불가능해진 그녀에게 죽음 외에는 다른 길이 없었던 것입니다.

Q **김 집사가 가진 종교적 확신은 결국 아내를 구하지 못했습니다. 김 집사의 태도에 문제가 있다면 그것은 무엇이라고 보아야 할까요?**

A 오해할 수도 있는 말이지만, '나'의 아내를 대하는 김 집사의 태도에서 가장 큰 문제는 그녀의 신앙심이 너무 깊다는 것이었습니다. 그녀는 인간의 실제가 어떠한가에는 관심을 가지지 않았습니다. 그녀의 머릿속에는 오직 종교적 가르침이라는 모범 답안만이 존재했을 뿐이지요.

그녀는 아이의 죽음 앞에서 "알암이 엄마의 아프고 저린 마음은 알고도 남아요."라고 말했지만, 대체 세상의 어느 누가 그 마음을 '알고도 남는다'고 할 수 있겠습니까. 그 아픔을 겪지 않은 사람이 어떻게 그것을 가늠한다는 말인가요.

더구나 그녀는 유괴 살해된 아이의 어머니에게, 그 사건이 더 큰 사랑을 베푸시려는 주님의 뜻인지도 모른다고 말합니다. 나아가 그 사건이 '주님을 영접케 할 은총의 기회'이며 '그건 모두 사랑의 시험에 불과'하다고 말합니다. 이것은 인간이 할 수 있는 말이 아니지 않을까요?

겨우 평온함을 되찾은 아내에게 거기서 더 나아가 범인을 용서할 수 있어야 한다고 강요한 김 집사의 종교적 확신이, 아내를 인간의 마음과 종교적 신앙 사이에서 갈등하다 파멸하게 했다고 말해도 지나치지 않겠지요.

김 집사는 범인을 만나고 온 후에 절망에 빠진 아내의 모습을 보며, 그녀를 이해할 수가 없다고, 실망감을 금치 못했다고 말합니다.

김 집사는 아내를 이해할 수 없었을 것입니다. 그녀의 너무나도 강한 종교적 확신이 인간을 이해하지 못하게 했으니까요. 그녀는 자신의 종교적 확신에만 몰입해서, 다른 사람이 느끼는 '인간적' 감정이나 사람의 마음이 가지는 한계를 도저히 이해할 수 없었던 것입니다. 자신은 김 집사만큼 믿음이 깊지 않으며, 바로 그 때문에 인간을 알 수 있다는 아내의 말은 바로 이를 지적한 것이지요.

Q 작가가 이 작품을 통해 용서와 화해에 대해 말하고자 하는 바가 있다면, 그것은 어떤 내용일까요?

A 이 작품을 인간의 길과 종교적 가르침 사이의 갈등, 혹은 윤리적 가치와 종교적 가치 사이의 갈등이라는 측면에서 접근하지 않고, 피해자와 가해자 사이의 용서라는 측면에서 접근하여 해석할 수도 있을 것입니다.

작품이 발표된 1980년대의 시대 상황 때문에, 이 작품을 읽으며 1980년 5월 광주에서 자행된 민간인 학살과 그 이후의 문제를 떠올리는 경우도 있었습니다. 이는 특히 1987년의 민주화 이후, 과거 학살의 주범과 그들에 빌붙어 권력과 부를 누렸던 사람들이 '용서와 화해'라는 말을 끄집어내어 흔들어 대기 시작했기 때문입니다. 피해자가 아닌 가해자들이 용서와 화해를 들먹이다니요. 어쨌거나 이는, 말하자면 이 작품에 그려진 유괴 살인을 일종의 알레고리로 해석하는 것이라 할 수 있겠지요. 앞에서도 말했듯이, 알레고리는 '어떤 것을 말하려는 의도를 가지고 이와 다른 어떤 것을 말함으로써, 둘 사이의 유사성을 통해 실제 주제를 나타내는 표현 방법'을 말합니다. 하지만 이런 알레고리라는 표현 방법을 굳이 거론하지 않더라도, 이 작품을 읽고 가해자와 피해자 사이의 용서라는 문제 일반을 생각해 보게 되는 것은 자연스러운 일일 것입니다.

이미 신에게 용서를 받았다며 한없이 평온한 얼굴을 하고 있던, 그래서 죽은 아이의 어머니를 절망에 빠뜨렸던 그 살해범은 과연 어떤 태도를 취했어야 할까요?

아이의 살해범이 해야 했던 일은 그 무엇보다도 인간으로서 자신의 잘못을 뉘우치는 일이 아니었을까요? 종교적 신앙을 통해 그가 신의 용서를 받았다 하더라도, 자신의 행위에 대해서는 한없는 괴로움을 품고 있어야 했을 것입니다. 그리고 그가 정말로 잘못을 뉘우치고 있었다면, 아이의 어머니 앞에서 그는 한없는 자책과 괴로움을 보여 주었겠지요. 자신을 저주하라고, 자신의 죽음을 보며 복수가 끝났다는 생각으로 마음에 조그만 위안이나마 삼으라고, 정말 죄송하다고, 그렇게 말해야 했겠지요. 마치 용서를 베푸는 사람 같은 너그러운 태도가 아니라, 가해자에게 걸맞은 한없이 죄스러운 태도로 말입니다.

어쩌면 사람은 다른 사람의 죄를 딱 자기 분량만큼만 용서할 수 있는 것일지도 모릅니다. 아이의 어머니가 범인을 용서했다 하더라도, 그가 받은 용서는 아이 어머니가 할 수 있는 만큼의 용서일 뿐이겠지요. 아이 어머니가 아이 아버지의 용서까지 대신할 수는 없는 것이니까요. 죽은 아이 몫의 용서를 대신할 수는 더더욱 없을 테고요.

그렇게 보면, 사람을 죽이는 일은 용서 받을 수 없는 죄일 것입니다. 적어도 사람에게서는 완전한 용서를 받을 수 없는 죄인인 것이지요. 죽은 이가 그를 용서할 수는 없으니, 어느 누가 용서 받기의 완료를 선언할 수 있겠습니까. 살인범은 평생 자기 마음속에 무거운 짐을 지고 살아가야 마땅할 것입니다. 피해자의 가족이 누리지 못하는 마음의 평안을 살인범이 누리다니, 그것은 있어서는 안 되는 일이지요.

앞서 읽었던 〈서편제〉나 그 작품이 속한 연작 소설도 용서와 화해라는 주제를 담고 있었습니다. 그 작품 속에서 인물들은 어떻게 용서와 화해에 다다랐나요? 가슴속에 끝없는 한을 품고 평생에 걸쳐 그것을 승화시켜 감으로써 가능하지 않았던가요.

'용서'라는 것은 〈벌레 이야기〉의 살인범이나 김 집사처럼 그렇게 쉽게 입에 올릴 수 있는 말이 아니라는 것, 더구나 그렇게 '아무나' 입에 올릴 수 있는 말이 아니라는 것, 이 작품은 이 단순하고도 당연한 메시지를 담고 있다고 말할 수도 있겠습니다.

Q 이 작품의 제목은 '벌레 이야기'인데요, 작품 속에는 벌레에 대한 이야기가 전혀 나오지 않습니다. '벌레'라는 말이 나오지도 않고요. 대체 이 작품의 제목은 어떤 의미일까요?

A 어느 나라의 욕이나 마찬가지일지도 모르지만, 우리가 흔히 쓰는 욕 중에는 인간을 그보다 못한(못하다고 우리가 생각하는) 동물들과 비교하는 것들이 적지 않습니다. 예컨대 '개 같은 놈'이라는 욕이 그렇지요. '개 같은 놈'이라는 욕에는, 인간이라는 존재가 원래 개보다 낫다는 전제가 깔려 있습니다. 그러니 대상이 된 어떤

사람에 대해, 그가 매우 특이하게도 개와 비슷한 정도라 말하는 것이 욕이 될 수 있는 것이지요. 개를 인간보다 열등한 존재로 여기는 관점에서 보자면, '벌레 같은 인간' 이라는 욕은 '개 같은 인간' 보다 훨씬 더 심한 욕이 될 겁니다.

그런데 작가는 이 작품에 '벌레 이야기' 라는 제목을 붙였습니다. 안에 담긴 이야기는 벌레에 대한 것이 아니었지요. 여기에는 인간의 이야기가 나올 뿐입니다. 그렇다면 아이를 살해한 유괴범, 그 파렴치한 인간을 '벌레' 라 지칭한 것일까요? 그런 것 같지도 않습니다. 이 이야기의 초점은 처음부터 끝까지 아이의 어머니에게 맞춰져 있으니까요.

이 작품에는 인간이 가진 감정과 의지의 한계를 넘어서는 종교적 가르침이 나옵니다. 아이의 어머니는, 인간적인 감정과 그 초월적인 가르침 사이에서 갈등하고 절망하다가 자살을 택했지요. 이를 통해 작가는 인간의 길과 종교의 초월적 가르침 사이의 갈등을 그리고 있는 것이고요.

어쩌면 저 하늘 높은 곳에서 인간을 굽어보는 절대자에게, 인간은 땅바닥을 기는 벌레보다 크게 나을 바 없는 존재일지도 모릅니다. 코앞의 일도 내다보지 못하는 개미를 데리고 장난하는 아이에게 개미가 그렇듯이, 절대자의 기준 앞에서 인간은 한없이 무력하고 어리석기만 한 존재일지도 모릅니다. 그런 관점에서 본다면 이 작품의 제목 '벌레 이야기' 가 의미하는 것은 바로 그렇게 벌레처럼 무력하고 한계 많은 인간들의 이야기라는 뜻이겠지요.

그러나 작가는 이 이야기 속에서 김 집사가 대표하는 그 종교적 가르침에 의문을 던졌습니다. 그것은 인간의 길이 아니라고, 인간에게 요구할 수 있는 길이 아니라고 말이지요. 작가는 절대자를 기준으로 하여 인간을 바라본 것이 아닙니다. 오히려 그 반대로, 인간을 기준으로 종교의 가르침을 되짚어 보았다고 할 수 있겠지요. 작가는 신(들)의 이야기를 하고 싶은 것이 아니라, 우리들 인간의 이야기를 하고 싶었던 것입니다. 신이 무엇을 옳다고 여기는지 말하고 싶은 것이 아니라, 인간으로서 우리가 걸어야 할 길은 어떤 것인지 말하고 싶었던 것이지요.

그렇다면 '벌레 이야기'라는 제목이 가지는 의미 또한 전혀 다르게 받아들여야 할 겁니다. 이 이야기는 한없이 미약한 존재인 인간이 그 미약함으로써 자신을 증언하고 주장하는 것이 될 테니까요. 신이 도저히 이해하지 못하는 인간 자신을요.

더 읽어 봅시다

인간의 존재 조건을 알레고리로 표현한 작품

장용학, 〈요한 시집〉 _한국 전쟁에 의용군으로 참전했다가 미군의 포로로 수용소에 갇힌 주인공이 겪는 일들을 우화와 '현실'을 나란히 놓는 방식으로 형상화한 작품이다. 관념적 서술과 알레고리적 표현 기법이 특징적이다.

작가 소개

이청준(1939 ~ 2008)

인간과 사회, 글쓰기에 대한 중단 없는 성찰

이청준은 1965년에 등단하여 2008년에 세상을 뜨기까지 100여 편의 단편 및 중편 소설과 13편의 장편 소설을 발표했다. 폐암 투병 중이던 2007년에도 새로 쓴 단편들을 묶어 작품집 『그곳을 다시 잊어야 했다』를 낼 만큼, 그는 평생을 작가로서의 삶에 충실했다.

1960년대에서 1970년대 중반에 이르기까지 그는 주로 우리 근대사의 어둠과 글쓰기의 문제를 창작의 과제로 삼았다. 이와 같은 작품 경향은 초기작인 〈병신과 머저리〉(1966)와 〈줄〉(1966)에서부터 이미 뚜렷이 나타난다.

〈병신과 머저리〉는 한국 전쟁의 상처 때문에 형이 겪는 고통을 4·19 세대인 동생의 고통과 비교하고 있다. 국군으로 참전했던 형은, 부상당한 전우를 구하지 못했다는 고통스러운 기억 때문에 괴로워한다. 동생은 그런 형의 모습을 보면서, 형의 세대는 자기 고통의 원인이라도 분명히 알고 있으니 자신의 세대보다 낫다고 말한다. 이는 4·19 혁명의 좌절과 군사 독재 정권 아래에서 겪는 억압과 암울함을 암시하는 것이라 하겠다.

〈병신과 머저리〉가 근대사의 어두운 현실을 표현한 것이라면, 〈줄〉은 언어의 문제를 통해 글쓰기 자체를 문제 삼고 있다. 〈줄〉의 화자는, 줄을 타다 승천했다는 어떤 줄광대의 이야기를 취재하기 위해 지방의 어느 읍을 찾아가지만, 이미 진실을 잃어버린 그의 언어로는 줄광대의 진실을 표현할 수 없다는 것을 깨달을 뿐이다.

잃어버린 과거의 세계를 제재로 한 〈줄〉이나 〈매잡이〉(1968)뿐 아니라, 〈소문의 벽〉(1971)에서 〈조율사〉(1972), 〈떠도는 말들〉(1973), 〈자서전들 쓰십시다〉(1976) 등 그의 수많은 작품들은 바로 이와 같은 '글쓰기의 불가능함'을 공통적으로 드러내고 있다.

작품 속의 인물들은 하나같이 더 이상은 글을 쓸 수가 없게 되었다는 문제를 안고 있으며, 그 문제의 원인은 그들의 시대가 더 이상 진실한 언어를 갖고 있지 못하다는 데 있다.

이 작품들 속에서 '진실한 언어를 상실하게 된 원인'으로 제시되는 것들은 얼핏 다양한 것처럼 보이기도 한다. 정치권력의 간섭과 억압이 원인으로 나타나기도 하며, 상업 문화에 대한 무비판적 동조가 원인으로 제시되기도 하고, 전통적인 정신세계의 상실이 원인이라 암시되기도 한다. 그러나 그것들은 사실 동전의 양면처럼 하나로 연결된다. 독재 아래에서 참다운 시민 정신이 실종되자 사람들은 비판적 · 주체적인 사고를 잃어버린 채 소비 지향적인 상업 문화에 휩쓸리게 된 것이고, 그러한 상업 문화 속에서는 전통적인 정신세계가 지켜질 수 없기 때문이다.

그러나 소설을 쓰려는 작가가 그러한 '글쓰기의 불가능함', '언어의 상실'이라는 벽을 그리는 데 머물러 있을 수는 없을 터, 그는 이후의 작품들에서 삶을 온전히 껴안는 진실한 언어의 모습을 그려 내기 시작한다. 그에게 이와 같은 탈출구 구실을 한 것은 바로 『남도 사람』 연작에 속하는 〈서편제〉(1976)와 〈소리의 빛〉 (1978), 〈선학동 나그네〉(1979) 등에서 그려지는 '소리'의 세계이다. 그의 고향 남도의 정신세계를 고스란히 담고 있는 소리의 세계에서 그가 삶의 깊이와 넓이를 온전히 표현할 수 있는 진실함을 발견한 것이다.

이와 같은 과정을 거치면서 그는 시대의 고통과 개개인의 내면에 서린 한을 아우르는 작품 세계를 얻게 된다. 인간의 내면과 사회에 대한 깊은 성찰을 바탕으로 한 그의 창작 작업이 '진실한 삶의 추구'라는 하나의 과제로 수렴하게 되었다고도 할 수 있다.

『남도 사람』 연작에서 나타나는 용서와 화해라는 주제는 그 이전이나 이후의 다른 작품들에서도 중요하게 다루어졌다. 소록도의 한센병 환자들과 그들에게 천국을 만들어 주겠다는 병원장 사이의 갈등을 그린 장편 〈당신들의 천국〉(1974)은 지배와 피지배, 권력과 자유의 문제를 다룬 작품이지만, 한편으로 용서와 화해라는 주제와 뗄 수 없는 관계를 갖는다. 인간이라는 존재의 실제와 초월적 가르침 사이의 갈등을 그린 〈벌레 이야기〉(1985)도 용서와 화해라는 문제를 탐구한 것이지만, 〈비화밀교〉(1985)에서 용서와 화해는 더 큰 차원으로 확대되어 온전하고 건강한 사회를 가능하게 하는 바탕으로 그려진다. 이 작품은 어느 지방에서 전해 내려온다는 불놀이의 풍속을 그리고 있다. 섣달그믐의 밤에 마을의 모든 사람들이 모여 불놀이를 하며 서로 인사를 나누는 이 풍속 속에서 사람들은 선악의 구별도, 신분의 구별도 없이 모두가 똑같은 인간으로 만나고, 그 속에서 그들은 용서와 화해를 통해 하나가 된다는 것이다.

1990년대를 거치고 인생의 끝자락에 이르기까지 이청준은 진실과 독단의 경계, 억압과 자유의 문제, 용서와 화해의 삶에 대한 깊은 성찰을 이어갔다. 한국 전쟁과 이데올로기 갈등이라는 현대사의 아픔과 그 아픔을 치유하기 위한 위령제 굿판을 그린 〈흰옷〉(1994), 세상을 뜨면서 노인이 후손들에게 마련해 준 화해의 시간을 그린 〈축제〉(1996), 그리고 마지막 소설집 『그곳을 다시 잊어야 했다』(2007)에 이르기까지, 그는 사회와 역사에 대한 성찰, 인간이라는 존재와 삶에 대한 성찰, 글쓰기 자체에 대한 성찰을 멈추지 않았다.

연보

1939년 _ 8월 9일, 전라남도 장흥군 회진면(당시에는 대덕면) 진목리에서 가난한 집안의 5남3녀 중 넷째(3남)로 태어남.

1948년 _ 10살의 나이에 초등학교(대덕 동국민학교)에 입학함.

1954년 _ 광주 시내의 서중학교에 입학함.

1957년 _ 광주 제일고에 입학함.

1960년 _ 서울대학교 문리대 독어독문학과에 입학함. 대학 1학년 때에 겪은 4 · 19 혁명과 이듬해의 5 · 16 쿠데타는 그에게 비판적인 의식을 갖는 계기가 되었을 뿐 아니라, 작품 세계를 형성하는 중요한 바탕이 되기도 함.

1965년 _ 12월, 대학 4학년 재학 중에 단편 〈퇴원〉으로 「사상계」 신인문학상을 수상하면서 등단함.

1966년 _ 서울대학교 문리대 독어독문학과 졸업함. 「사상계」에 편집부 기자로 입사함.

8월, 〈줄〉을 「사상계」에 발표함.

1967년 _ 「여원」으로 직장을 옮김. 〈병신과 머저리〉로 동인 문학상을 수상함.

1968년 _ 「아세아」 창간에 참여함.

10월, 지도 교수인 강두식의 주례로 남경자와 결혼함.

7월, 〈매잡이〉를 「신동아」에 발표함.

1969년 _ 〈매잡이〉로 대한민국 문화 예술상 신인상을 수상함.

3월, 〈선고 유예〉를 이듬해(1970년) 3월까지 「문화비평」에 연재함.

1971년 _ 「지성」의 창간에 참여함.

6월, 〈소문의 벽〉을 「문학과 지성」에 발표함.

1972년 _ 3~9월, 〈조율사〉를 「문학과 지성」에 발표함.

1973년 _ 2월, 〈떠도는 말〉을 「세대」에 발표함.

1974년 _ 4월, 〈당신들의 천국〉을 이듬해(1975년) 12월까지 「신동아」에 연재함.

9월, 〈이어도〉를 「문학과 지성」에 발표함.

1975년 _ 〈이어도〉로 「한국일보」 창작 문학상을 수상함.

1976년 _ 4월, 〈서편제〉를 「뿌리깊은 나무」에 발표함.

〈자서전들 쓰십시다〉를 「문학과 지성」에 발표함.

1977년 _ 12월, 〈눈길〉을 「문예중앙」에 발표함.

1978년 _ 7월, 〈잔인한 도시〉를 「한국문학」에 발표함. 이 작품으로 이상 문학상을 수상함.

1979년 _ 6월, 〈선학동 나그네〉(문학과지성사)를 발표함.

8월, 〈살아 있는 늪〉을 「한국문학」에 발표함. 이 작품으로 중앙 문예 대상 예술 부문 장려상을 수상함.

1980년 _ 3월, 〈새와 나무〉를 「문예중앙」에 발표함.

1981년 _ 무남독녀 이은지 출생함.

5월, 〈다시 태어나는 말들〉을 「한국문학」에 발표함.

1985년 _ 작품집 『비화밀교』(나남)를 출간함.

6월, 〈벌레 이야기〉를 「외국문학」에 발표함.

1986년 _ 〈비화밀교〉로 대한민국 문학상 우수상을 수상함.

한양대학교에 출강함.

1989년 _ 장편 〈자유의 문〉(나남)을 출간함. 이 작품으로 이산 문학상을 수상함.

8월, 〈키 작은 자유인〉을 「문학사상」에 발표함.

1993년 _ 〈서편제〉가 영화화되어 대종상 최우수 작품상을 수상함.

1994년 _ 장편 〈흰옷〉(열림원)을 출간함. 이 작품으로 대산 문학상을 수상함.

1996년 _ 장편 〈축제〉(열림원)를 출간함.

판소리 소설 〈토끼야, 용궁에 벼슬 가자〉(열림원)를 출간함.

1998년 _ 순천대학교 문예 창작학과 석좌 교수에 초빙됨.

열림원에서 이청준 문학 전집 출간을 시작함.

〈날개의 집〉으로 21세기 문학상과 성옥 문학상(예술 부문)을 수상함.

2003년 _ 인촌상(문학 부문)을 수상함.

2004년 _ 대한민국 문화 예술상을 수상함.

2005년 _ 예술원 회원으로 선출됨.

2007년 _ 폐암 진단을 받음. 호암 예술상, 제비꽃 서민 소설상을 수상함.

11월, 마지막 작품집 『그곳을 다시 잊어야 했다』(열림원)를 출간함.

2008년 _ 7월 31일, 폐암으로 세상을 떠남.